令和から来たラスト将軍

徳川慶喜

桐谷秀玲

目次

令和からきたラスト将軍　徳川慶喜

一　タイムスリップ

会津若松市は福島県西部に位置し、江戸時代には会津藩の城下町として繁栄し、鶴ヶ城をはじめとする史跡、郷土料理と酒、伝統工芸などにより多くの観光客を集める町である。盆地であるため気温の寒暖差が激しく夏暑く冬は寒い。また一日の気温差も大きく冬は積雪も多い。住民にとっては決して住みやすい気候ではないが、近年では鉄道や高速道路の整備も進み、大学が設立され企業も誘致された。また、市が情報通信月間総務大臣賞を受けるなど、ＩＣＴを駆使した取り組みも行われており、先進都市としても知られるようになってきたのである。

令和四年十月、この城下町に一人の高校生がいる。名前を緑川七郎、高校生二年生である。学業成績は中程度、陸上部に所属しているが他人に自慢できるほどの競技力があるわけでもなく、特定の恋人もいない。どこにでもいるような、ごく普通の生徒である。目立った特徴と言えば、七郎は大の日本史好きであった。小学校の頃より歴史小説や雑誌を読み漁り、インターネットで関係するサイトを閲覧しまくるため、その知識は他に秀でており実に豊富である。歴史好きな人間というのは、源平合戦の時代や安土桃山時代、そして幕末などのような騒乱の時代に強い興味を示す。七郎もその一人である。会津が歴史の表舞台に登場する幕末が大好きであり、関心が特に強かった。

市内には公立だけで五つの高校が存在した。そのうち三校が普通科の高校であり残りの二校は専門高校である。七郎は、そのような高校生であるから当然普通高校に進学して学びたかった。しかし、進学校である市内三つの普通高校は、七郎にとって合格するには学力が若干足りない。隣接する市町村の普通高校へ通学することについても考えた。会津は冬になると福島県内で最も雪の多い土地である。三年間、毎日通学することを思えば、苦労して遠距離通学をする必要はないだろう。それに勉学と部活動を両立するには、通学時間は短いに越したことはない。そんな事情もあって、七郎は自宅から自転車で通学できる地元の県立会津若松工業高等学校へ進学した。そして同校の工業化学科二学年に在籍している。

始めはあまり気乗りして入学した学校ではなかったのであるが、実際に在学してみると工業高校の授業も意外と面白いことに気が付いた。工業高校には週三～四時間の「実習」という科目がある。工業化学科の「実習」では主に化学実験を行う。化学実験というものは、小中学校の授業ではほとんど行われなかったので知らなかったが、これが意外と楽しい。さらに「実習」には試験がない。実験後のレポートさえ提出しておけば結構いい評価が貰えた。また、卓上計算機やコンピュータを活用する実習は三年間通して行われる。情報機器の活用を学ぶことにより、現代の情報化社会に必要な基礎知識をたくさん習得することができた。

七郎の好きな日本史は選択教科である。しかも、わずか二単位と普通高校に比べれば少ない。しかし、七郎には日本史という科目を受講できるだけで幸せであった。今ではこの高校に入学したことに対し、全く不満はない。

会津の秋は、同じ福島県内の中でも短いという。なぜなら冬の訪れが早いからだ。十月には秋雨前線が停滞し、毎日はっきりしない空模様の日が続く。そして、この時期を越すといよいよ冬の到来である。気温が低いだけでなく雪が降る。多い年は一メートルを超す積雪があることも珍しいことではない。百五十年前の戊辰戦争の際、会津に侵攻した官軍は、会津に冬が到来する前に決着をつけたいと考えたのも当然のことであった。

今はまだ十月である。降雪はないが、連日の低気圧の影響で天気が悪い。今日も気分の晴れない日であるが、七郎は違っていた。今日は朝の一時間目から選択教科の日本史の授業がある日だからだ。この高校での教科「地歴」では地理と日本史の二科目からいずれか一科目を選択することになっている。七郎は迷わず日本史を選択したのは言うまでもない。授業担当は七郎のクラス担任の原先生である。七郎はこの先生のことが好きだった。出身は福島県ではなく関東の方だと聞いたことがあるが、大学では史学を専攻したという三十代の若い男性教員で、情熱的な授業を展開してくれる。そして何といっても日本史にはかなり詳しいと見えて、教科書には書いてないことを次々と教えてくれる。工業高校にも大学進学希望者は毎年かなりの人数がいる。しかし、そのほとんどが工学部志望であり、また入試は推薦入学かＡＯ入試に頼っているのが現状である。したがって日本史を入試のために必要としている生徒はほとんど皆無であった。そんな事情も考えてのことか、原先生は教科書と資料集をもとに、武士による封建制の成立とその流れを一つに纏めあげ、明治維新において武家政治が終焉を迎えるところまで一機に授業を続けてきた。大学入試のための授業であるならば、あまりにも内容を抜粋し過ぎかもしれない。しかし、もし原先生が教科書の記載通りに授業を進めてきたなら、週二時間の日本史の授業では、鎌倉時代か室町時代あたりの説明であっただろう。すでに学校は二学期後半に入っている。来年は日本史の授業はない。来年の地歴は、必修の世界史三単位を受講しなければならない。そう考えると七郎は何となく寂しい思いがした。

原先生の日本史の授業が始まった。ほとんどの生徒は先生の話に集中している。しかしながら、どこにでもやる気のない生徒はいるものである。説明中に居眠りをしたり、机の下の方で漫画を読んだり、ひどいのになるとスマホでゲームをしている者もいる。七郎にとって、そのような輩は授業中静かにさえしてくれればよかった。

原先生の授業が展開する。

「前回の授業でペリー率いるアメリカ合衆国東インド艦隊がやって来て日本に開国を要求したところまで説明した。今日はその続きから入ろう」

原先生の説明はペリーの要求した具体的な内容だけではなく、来日することになった経緯にまで及んだ。教科書には記載されていない原先生の知識である。七郎はじめ歴史に興味関心の深い生徒はその説明に集中した。

ペリーは一年後の再来日を約束し一度、日本を離れる。ペリーと幕府との取り決めで、開国有無の返答に一年間の猶予を持つはずであったが、実際には、ペリーは半年で来日し、再度幕府に決断を迫ったのである。この時の幕府の焦りは相当のものであったに違いない。嘉永七年七月には、ペリーの圧力に屈する形で交渉が行われ、全十二ケ条に及ぶ日米和親条約が締結される。それにより、二百数十年続けられた徳川の鎖国政策は事実上終了した。

このまま何事もなく時間が経過したならば、外国との貿易により、日本は様々な技術や文化を取り入れることとなり、国際色豊かな国へと発展していくはずであった。ところが時勢はそれを許さなかった。ここから約十五年、多くの日本人の血が流されるのである。

日米和親条約から四年後、大老に就任した井伊直弼は日米修好通商条約を締結する。この条約は関税や裁判権などにおいて、日本側においてかなり不利な不平等条約であった。しかも朝廷の勅許なしで条約調印をしたということで、公家や勤王の志士、大名から多くの反感を買ったのである。越前藩主松平春嶽、尾張藩主徳川慶勝、水戸藩主徳川斉昭、一橋家当主の一橋慶喜らは押し掛け登城して違勅条約を非難し、井伊を詰問した。このことと次の将軍継嗣問題がからみ合い、事態はさらに複雑化する。

時の十三代将軍徳川家定というのは、物事をまともに考えられない知的障害者であった。しかも生殖能力なしの不能者でもあり後継者ができる見込みはない。今回押し掛け登城をした藩主に加え、土佐の山内容堂、薩摩の島津斉彬等は今の時局に応じるには水戸の徳川斉昭の七男、頭脳明晰な一橋慶喜を次の将軍とすることで乗り切るほかはないと考えた。この要求派閥を一橋派と呼んだ。それに対し、井伊直弼、家定の生母本寿院ら大奥は能力や資質より血筋を優先することとし、次期将軍には紀州の徳川慶福を推した。この派閥を南紀派と呼んだのである。

安政五年から六年にかけて、井伊直弼による世にいう「安政の大獄」が始まった。まず押し掛け登城した徳川斉昭、一橋慶喜、徳川慶勝、松平春嶽らは「不時登城をして御政道を乱した」という罪を着せられ、蟄居または隠居・謹慎などに処せられた。一橋派の多くは、この施策によりほとんどが失脚する。さらにこの弾圧は将軍継嗣に関係なく、尊王攘夷《そんのうじょうい》を唱える武士や公家にまで及び、多くの志士たちが死罪、遠島、投獄などの酷刑に処せられたのである。安政七年三月、桜田門外において井伊直弼が殺されたことにより弾圧は終息するが、大名、武士、公家や学者など処罰されたものは百名以上に及んだという。

原先生の説明は、幕末の風雲急を告げる時代への突入を思わせるのに、十分な効果があった。

「井伊直弼の死により、京都の町は尊王攘夷を叫ぶ志士らが暗躍し、益々治安は乱れていく。それまでの京都所司代や奉行所では力が及ばなくなり、そのために京都守護職という役職が松平容保に与えられる。ついに会津藩が歴史の舞台へと登場することになるわけだ。何かここまでで質問はあるか」

一人の生徒が最初に質問をした。

「先生、ペリーが日本に来た時、通訳はどうしたのでしょうか。日本に英語が話せる者がいるとは思えません。ということは、アメリカ人に日本語がわかる者がいたということでしょうか？それともう一つは、ペリーは半年間の猶予を与えて日本を去りました。にもかかわらず半年で日本へ戻って来たのですよね。これって約定違反じゃないですか。どうしてそんなことをしたのでしょう」

この質問に対し、原先生はなかなか面白い点を突いてくると思いながら、感心して返答した。

「まず通訳についてだが、ペリーは、日本は鎖国をしていても中国やオランダとは長崎の出島を通して貿易をしているということを掴んでいた。そこでオランダ語を話せるアメリカ人を連れていき、そしてオランダ語のわかる日本人に伝達した。つまり間に通訳を二人挟んで会話をしたということだ。それからもう一つの質問、半年後にペリーが再来日した件だが、確かに約束を破っている。では何故そんな約束破りをしたかということだ。実はペリーは日本を離れてからアメリカには直接行かず、香港へ立ち寄った。そこでペリーは、徳川幕府の十二代将軍徳川家慶が死んだという情報を得たんだ。この機を逃す手はないとペリーは考えた。何故なら、将軍が死んだことで政情は混乱しているし、条約を迫られた幕府首脳部は焦っているに違いない。そこへ付け込んで一機に条約を取り付けてしまおうという魂胆だった。ある意味、この作戦は成功したとも言える。それより先生が言いたいのは、ペリーすなわちアメリカという国は、太平洋の東の端に位置する小国の日本について、実によく研究し、しかも情報を細かく掴んでいたということだ。日本は鎖国政策をとり続けていたことで、世界の情勢など何もわかっていない。それに対し、アメリカの情報源は群を抜いている」

教科書にも受験用の参考書などを見ても絶対に書いてないようなことまで原先生は常に教えてくれるから嬉しい。次に七郎が挙手して質問した。

「ところで、徳川慶喜は頭がよく英邁だということで一橋派の大名や公家から次期将軍にと推されたそうですが、その根拠はどこにあるのでしょうか。誰もがそう認めるような何かを成し遂げたとか、行動をしたのでしょうか。たとえばプロ野球の場合だと、ドラフト会議で指名される選手というのは高校や大学などでそれなりの活躍をして実績のある選手が指名されるわけです。しかし、慶喜にはそんな実績はどこにも見当たりません。また、現代のように模擬試験を受験して非常に高い偏差値から優秀だと決めるとか、そんな判断基準でもあれば話は別ですが」

原先生としても、この質問に対しては憶測で答えるしかなかった。

「確かに、徳川慶喜は頭脳明晰だと周囲から言われ続け、日ごろの言動からも能弁で判断力のある言動や行動が目立ってはいる。しかし、一橋派が彼を強く推したのは慶喜の父親である徳川斉昭の存在だ。水戸に代々伝わる『水戸学』では日本の君主はあくまで天皇であり、幕府が行う政治は朝廷の代行に過ぎないという教えがある。勤王の考えを持つ武士たちからは、この『水戸学』が崇拝されていた。その中でも徳川斉昭という藩主は、勤王の志士たちから見ればカリスマ的な存在だった。だから斉昭が自分の七男慶喜が英知に富み次期将軍にふさわしい器だと一言いえば、それだけで注目されるようになったと先生は考える。七郎、これでどうだろう」

七郎としては予想していた通りの答えであった。慶喜が有能だという特に何か大きな理由があるわけではない。父親の威厳がそうさせただけなのであろう。ただし、長州の桂小五郎（後の木戸孝允）は慶喜を「徳川家康の再来なる人物」と評している。また薩摩の西郷隆盛や大久保利通は大政奉還後「慶喜を新政府に留めおくことは徳川を復活させることに繋がりかねない」と慶喜の英邁さを恐れた。

さらに別の生徒からの質問が出た。

「慶喜は安政六年に謹慎を命じられ、井伊直弼が桜田門外の変で殺されるまで謹慎生活ですが、当時の謹慎とはどういう生活を強いられたのでしょうか」

別に日本史とは関係のない質問だろうと七郎は思った。生徒間からも小さな笑い声が上がる。しかし、生徒からの真面目な質問であるため、原先生は躊躇せず答えてくれた。

「まず、慶喜の謹慎が解除されるのは桜田門外の変の直後ではない。解除されたのは半年後だった。このクラスにも色々あって謹慎指導を受けた者がいるが、学校の謹慎とは全然違う。厳しさが違うと言った方がいい。まず一日中正座をして部屋に閉じこもる。部屋の障子や襖はわずかな隙間を生じるだけしか開けることができない。したがって、ほんのわずかな外の光を取り入れるだけの暗い部屋に一人でいることになる。たとえ家臣であっても家族であっても必要のない会話をすることはできない。髪と髭は伸ばし放題で勝手に切ったり剃ったりも不可である。もちろん外出などできるわけがない。もしこれを破れば死罪である」

慶喜は、そんな生活を一年半も続けたことになる。現代の刑務所より辛いだろう。昔の武士の忍耐力には驚くと共に感心してしまうが、七郎はそんなことより、当時の武士の謹慎生活の実態まで知っている原先生の知識に対し、大いに感心した。

教科書と一緒に補助教材として使う「図説日本史資料」がある。日本史の授業の際は、必ず準備するように原先生から指示されている。こちらには教科書とは違いカラー画像がたくさん印刷してあり、人物の肖像画や城郭、神社仏閣、詳しい地図などが掲載されていた。この資料集を開いたある生徒が大きな声でこう言った。

「それにしても、一橋慶喜というのは緑川七郎によく似ているよな」

皆が笑った。そして別の生徒がこう続けた。

「俺もさっきからずっとそう思って見ていたぞ。似ているというよりそっくりじゃねえか」

そこへ原先生が思い出したように話を続けた。

「徳川斉昭というのは実に子沢山で、男女合わせて三十七人の子を作ったそうだ。慶喜は七男であったため幼名を七郎麿と名付けられたらしい」

「七郎。もしかしてお前も七男か？」

「俺は七月生まれだから七郎と付けたと以前に親から聞いたことがある」

皆がまた笑った。能天気な両親の名付け方のおかげで授業の雰囲気が明るくなってきた。

「七郎。お前、明日から徳川慶喜と同じ髪型にしたらどうだ。そうすれば更にそっくりになると思うぞ」

肖像は昔の写真だが鮮明である。徳川慶喜は当然のことながら髷を結っている。現代の高校生である七郎がそんな髪型などするわけがない。しかし、十五代将軍である徳川慶喜の肖像を見て、七郎自身でさえよく似ていると感じていた。

「無駄話はそこまでだ。頭の中を切り換えて授業に集中しよう」

原先生は説明を続けた。京都の町では尊王攘夷を唱える志士たちによる天誅と称した殺戮が繰り返され、治安は最悪の状態となった。そんな時期に京都守護職として京都へ赴任するのが会津藩主松平容保その人である。次の授業の予告を原先生が語ったところで授業終了のチャイムが鳴った。

戦国時代における伊達氏と芦名氏の争い、徳川による上杉征伐など会津が日本史の中に登場することはある。しかし、この時期ほど会津が歴史の表舞台の主役となるのは、江戸末期すなわち明治維新と呼ばれる時代が初めてのことである。七郎は、幕末の会津藩に関して、多くの小説や歴史雑誌を読み、また映画やテレビ番組を欠かさず見ていることにより、説明を聞くまでもなく熟知している。それ故に次回の日本史の授業が待ち遠しい限りであった。

七郎は二時間目の授業の前の休憩時間にトイレに立ち寄った。ドアを開けると既に先客がいた。同じクラスの上野広志と西川正平である。しかも二人は堂々と喫煙の真っ最中である。最近の煙草の値上がりと健康ブームにより、喫煙人口は年々減少しているのが実情である。今から二十年以上前には、本校でも喫煙による特別な指導が年間数十件あったという話は聞いたことがある。しかし、近年では喫煙で指導を受ける生徒は極めて稀だ。この二人はそんな時代に逆行するような行動をとっている。全く馬鹿としか言いようがない。二人は七郎を見ると悪びれる様子もなく声を掛けてきた。

「おう、十五代将軍の徳川慶喜殿、お前も吸うか?」

「馬鹿なことを言うな。だいたいお前ら、そんなことしていて見つかったらどうすんだよ。今は大人だって禁煙する時代だぞ。見つかっても俺は知らねえからな。」

今日は朝から気温が低く寒いというのに、この二人は煙を輩出するため窓を開けている。しかしながら、窓を開けた程度で二人が吐き出す煙は完全に外へ流れ出るわけではない。明らかにトイレの敷地内は煙草臭くなっている。今、先生方がここへ来れば言い逃れなどできる訳はない。こんな連中の相手をしている暇はない。七郎は早く用を済ませて教室へ戻ることにした。

その時である。再びトイレのドアが開いた。そして入って来たのは体育の長富先生である。しかも長富先生は本校の生徒指導部主任である。喫煙中の二人にとっては万事休すとしか言いようがない。だから言わんこっちゃない、自業自得だと七郎は思った。

「何をやっとるか馬鹿者共。本校で、校内喫煙の現行犯は三年ぶりだ。今すぐに指導室へ来い」

小用をし終えた七郎は気の毒そうに二人を見た。さらに長富先生は七郎に向かって言う。

「おい緑川。お前も同じだ。一緒に来い」

七郎は耳を疑った。どうして自分も同じなのだろう。長富先生は七郎もこの二人と一緒になって喫煙したと思ったらしい。

「先生、勘違いしないでください。俺は喫煙なんかしていませんよ。何ならこの二人に聞いてみて下さいよ」

「お前、知らないのか。この学校の生徒指導の決まりでは、飲酒、喫煙、万引きなどは実行犯でなくても同席した場合も特別な指導の対象となるんだぞ」

そう言えばそんな話を以前に聞いたことがある。犯罪、あるいは校則違反をしようとしている、または実際にしている場面に遭遇した時は抑止しなければならないとか。だからといってこんな理不尽な話があるだろうか。当然ながら七郎はそう思った。

「先生。俺は止めましたよ。見つかったって知らねえからなと言って」

「そんな言い方で抑止効果があるとは思えないな。他に言いたいことがあるなら後で聞いてやるから、一緒に来い」

七郎は、喫煙の場に同席しただけということなので、上野、西川の両名とは別の部屋へ通された。そこで反省文を書くように指示され、原稿用紙を十枚も渡されたのである。反省文の内容により、謹慎期間の日数が変わる場合もあるからしっかり書けと念まで押された。反省するように言われたのであるが、七郎としては一体何をどう反省すればいいのか全くわからない。自分の運の悪さでも反省しろとでも言うのだろうか。それにしても頭にくるのは上野と西川の二人である。七郎は、あの二人のせいでトバッチリを食ったのは言うまでもない。それなのにあの二人には庇おうとする気配はおろか、悪びれた様子もなかった。七郎は、考えれば考えるほど腹が立ってきた。

その時、扉が開き担任の原先生が入って来たのである。七郎にとって心より尊敬している先生であるだけに、安心感が起こると同時に、申し訳ないという感情が湧き出てきた。

「七郎。話は聞いたぞ。上野たちの喫煙の場所に同席していたって」

「先生。確かに同じ場所にいたと言えば確かにいましたよ。ですが、俺は小便が漏れそうなのを我慢してトイレに飛び込んだ矢先だったんですよ。それなのに長富先生ときたら俺の話なんか聞こうともしない。反省文を書いて待っていろと言って出ていかれましたが、一体俺は何を反省したらいいんですか」

七郎は、先刻のトイレでの経緯を細かく原先生に説明した。原先生は黙って最後まで聞いて、そしてこう言った。

「話はわかった。後で上野と西川からも話を聞くことになる。お前の言っていることが全て本当なら、明日から家庭謹慎にされたのでは少し理不尽過ぎるかもしれないな」

「もし家庭謹慎なんかになったならば、俺、学校に登校できないことよりも先生の次の授業を受けられないことの方がショック大きいですよ」

原先生としても自分の授業に関心が高い生徒がいることは嬉しい限りである。

「そうか。次の授業から、会津藩主松平容保が京都守護職として歴史の表舞台に登場する場面だったからな。だけど七郎、歴史好きのお前にとっては全部知り尽くした部分であって、今更改めて聞いても仕方がないんじゃないか？」

「そんなことはないです。先生の説明には初めて知る内容が必ず授業の中にあるんです」

「わかった。七郎、今日の先生との話はここまでだ。とりあえず今から、長富先生から渡された原稿用紙に反省文というよりは、今日のトイレでの経緯をできるだけ正確に書くことにしよう。それに関して自分の意見を付け加えても構いはしない。ただし自分が不利になるような過激なことはあんまり書くなよ。例えばあの二人をぶっ殺してやりたいとか」

「わかりました。先生にまで迷惑を掛けているようで本当にごめんなさい」

「いいから。続きは先生に任せておけ。できるだけ悪いようにはしない。書いたら原稿用紙をここにおいて帰宅していいぞ。ちょうど今は実習の時間で教室の中は空っぽだ。

帰る支度をして忘れ物などしないで、まっすぐ家に帰るように」

それだけ言うと原先生は退出した。

七郎は原先生から言われた通りにし、校舎の外へ出た。ちょうどその時、上野と西川の二人も解放されて出てきたところである。

「いやあ、七郎君。悪かったな。こんなことになるとは思ってもみなかったよ。迷惑かけちまったな」

口では言っているが、全然悪びれてはいない。正直なところ、七郎は腹の中が煮えくりかえっている。しかし、原先生に言われた通り、今日のところは余計なことは口にしないようにするつもりであったが、我慢ができず一言だけ言った。

「今日は大人しく帰るが、もし俺まで家庭謹慎なんてことになった時は黙っていないからな。覚えておけよ」

「そんなに怒らないでくれよ。先生には七郎から喫煙を注意されたと言っておくからよ。機嫌直して一緒に帰ろうぜ」

「冗談じゃない。悪いが俺は一人で帰る」

そう言うと七郎は玄関から正門の方へは向かわず、まっすぐ塀の方へ向かって歩き出した。理由は、正門から校外へ出るより塀をジャンプして外へ出た方が七郎の自宅への距離がずっと近いこと、それに上野、西川の二人となど一緒に歩きたくなかったからである。それにこの塀を跳び越えるだけで、自宅までの距離が百五十メートルは短縮される。

「お前、今日もそこを乗り越えるつもりかよ」

「危ないから止めとけよ」

後方から二人が声を掛けたが七郎は無視した。塀の向かって軽く助走をつけ、七郎は左足で力強くジャンプした。高さは一メートル五十センチ以上ある。七郎の身体は見事に塀の上に到達し、同時にそこにある木の枝に片手で掴まった。あとは反対側の通りの歩道に跳び下りて着地するだけである。その時である。七郎に予想外のハプニングが生じた。右手で掴まった木の枝に全体重を負わせたことが災いした。枯れた木の枝が七郎の体重を支えられず、枝の付け根からボッキリと折れてしまったのである。見ていた二人は「あっ！」と叫んだ。そして、七郎の体は頭から真っ逆さまに塀の向こう側へと転落していった。落ちたその場所は、歩道のコンクリートむき出しになっていた。そこへ後頭部を直接ぶつけたのだから大変である。七郎自身、枝が折れたために全身が頭から落下していくのは覚えているものの、次第に意識が遠のいていくのを感じていた。

「あいつ、落ちたぞ。大丈夫かよ」

「怪我でもしていると大変だ。万一ということもある。念のため塀の向こう側へ行ってみよう」

二人は校門へ向かって走り出す。校外へ出て通りを七郎が落ちた場所へと向かった。

「確かこの辺だよな」

「ここだろう。七郎が掴まって折れた木の枝が転がっているぞ」

しかし、七郎はどこにもいない。二人は四方を見渡した。いくらキョロキョロしても七郎の姿は見えない。通りは車が走っていて、通りの反対側へ横断するのは難しそうだ。ここにいないということは、歩道を真っ直ぐに自宅へ向かったとしか考えられない。

「それにしても速いよな。七郎は陸上部員だが、こんな短時間に姿が見えなくなるものかな。その辺に隠れているんじゃないのか」

しかし、付近に身を隠すような場所は見当たらない。二人には若干の違和感があった。しかし、それだけ速く走ることができるのなら別に大した怪我はしていないのだろうと判断し、今日のところは自分たちも帰宅することにした。

二　一橋慶喜

徳川家には御三家と御三卿と呼ばれるものが存在する。御三家とは初代将軍徳川家康の九男義直、十男頼宣、十一男頼房をそれぞれ尾張、紀伊、水戸に封じ、その地の藩主としたものである。この藩設立の目的というものは、将軍家に後嗣が耐えたときに次将軍として養子を出すことであった。それに対し御三卿というのは八代将軍吉宗の時に設置される。江戸開幕以来百年は御三家の出番はなかったが、七代将軍家継が死去した際、御三家の必要性が現実のものとなった。家継は八歳で死去しており当然子供はおらず、適当な後嗣が存在しない。そこで八代将軍として養子に迎えられたのが紀州徳川家の吉宗であった。そもそも徳川吉宗は、父親である徳川光貞の四男である。したがって本来なら藩主になることもできない存在であった。ところが、兄が次々と若くして死去したため、それまで越前蔓野藩三万石の藩主であった吉宗が呼び戻され、紀州和歌山藩三十七万石の五代藩主となったのである。それだけでも吉宗という男は幸運としか言いようがない。更に幸運は続いた。御三家筆頭は尾張家であるが、これを抑えて徳川家吉宗が八代将軍として江戸へ迎え入れられることとなるのである。吉宗三十三才の時である。

このように幸運が度重なると人間誰しも欲が出る。吉宗は先々のことを考えた。万一、自分の子孫に後嗣が絶えることがあった場合、今回と同じように御三家の中から次期将軍を選抜することとなる。できることならそれを避け、自分の直系を将軍の座に残しておきたいと考えた。そのためにはどうすればよいか。そして長男家重を九代将軍に据え、次男宗武を田安家、三男宗尹を一橋家、更に家重の次男重好を清水家し、御三家に対する御三卿というものを創設した。こうして御三家同様に御三卿からも将軍の継嗣を提供できるようにしたのである。すなわち、御三卿というのは吉宗の嫡流に他ならない。吉宗としては、御三家よりは御三卿の方に将軍継嗣を優先するという目論見があったに違いない。

将軍の後嗣が絶えたときのためという創設目的は同じではあるが、この御三家と御三卿には大きな相違点がある。御三家はそれぞれの藩主であり領地を有し領民がいる。したがって藩政を司る領主に相違ない。それに対し御三卿は将軍の家族と位置づけられているだけで、幕府より十万石ほど支給されてはいるものの、領地は日本各地に分散されており、そこの支配は幕府から出向した代官が行っている。そのため、御三卿の当主は領地を持たないのと同じであり、領民も持たなければ藩政を行う必要もない。それればかりでなく、幕府の老中や若年寄のように政治に参加することもない。唯一の仕事と言えば、いつでも養子を提供できるよう妻や妾を抱え込んで子供を作ることのみであり、徳川家の財政を逼迫するだけの存在なのである。」

安政七年二月、江戸の一橋邸はひっそりと静まり返っていた。一万八千坪にも及ぶ広大な土地を有する徳川御三卿のひとつ一橋家では、当主一橋慶喜が今、蟄居謹慎の身である。そのため、終日幕府の監視の目を恐れ、家臣や家族はもとより、小者に至るまで全員が周囲に気を配りながら生活していたのである。

一橋慶喜は水戸徳川家の藩主徳川斉昭の七男である。斉昭は、幕末の政情不安な状態を乗り切るには、有能な人材を次期将軍に据えるしか他に手立てはないと考えていた。しかも自分の身内から将軍を輩出することで、幕府内での自分の立場と発言権を得ようとする野心から、自分の七男である七郎麿に目を付けたのである。この息子の才を持ってすれば、今のような究極の世の中を乗り切れるかもしれないと斉昭は考えた。しかし、七郎麿を将軍候補に挙げるには、御三家とは言え水戸徳川家からでは難しい。しかも水戸徳川家は江戸から最も近いという利点を除けば、官位も官職も他の二家より格下である。そこでこの野心家の斉昭は、七郎麿を御三卿の一つである一橋家の養子として送り込みことに成功した。この七郎麿が元服し、一橋家第九代当主慶喜となったのである。

慶喜は安政五年六月、勅許をえず日米修好通商条約に井伊直弼を詰問しようと押し掛け登城をした科により登城停止を命じられ、更にその後、隠居謹慎の処分が言い渡された。

安政七年二月のある夜、一人の男がこの一橋邸から塀を乗り越え外へ出ようとしていた。一橋家当主である慶喜である。後ろから追ってきた側近の中根長十郎と黒沢嘉兵衛が必死で制止する。

「殿、また吉原でございますか。何度も申すように井伊掃部の耳にでも入れば切腹は確実、この一橋家もただでは済みませぬぞ」

慶喜は二人の方を振り向き、口元に笑いを浮かべながら答えた。

「百も承知だ。だがそれは見つかった時の話だろう。その辺の風来坊か浪人風情のフリをして少し遊んでくるだけのことだ。心配には及ばん」

しかし、中根はここで引き下がるわけにはいかなかった。

「それに殿、奥方様のことも少しはお考え下さい」

いきなり中根に妻のことを口に出され、慶喜は顔を少し曇らせた。

「おれは公家の女は好かん。」

慶喜の妻、美香子は皇室の出であり関白一条忠香の養女である。慶喜より二歳年上であり結婚して四年半になる。そのうちの二年以上は謹慎状態である。謹慎中の生活では、夫婦の会話ですら厳しく制限されているため、夫婦間のプライベートな生活はほとんど皆無と言ってよかった。

慶喜は、一橋邸の広い庭を駆け抜け屋敷の北側の塀へと走った。塀の前で跳躍し片手で木の枝を握り、身丈ほどある高さの塀へ身体を乗り上げた。見事なジャンプ力である。

「殿、何とぞお待ちくだされ！」

二人の側近は叫びながら後を追うが、高齢の二人には塀を乗り越えるどころか走ることすら覚束なかった。それでも二人は何とか思いとどまらせようと、身を粉にして塀の方へ向かった。

その時である。慶喜は、中根らの後方からの声に対し振り向きもせず、塀の向こう側へ跳び下りようとした。ところが、慶喜が塀の上の瓦に両足を乗せるのとほぼ同時に、片手で掴まっていた木の枝が根元からボッキリと折れてしまったのである。慶喜はバランスを崩し、そのまま塀の向こう側へ頭から真っ逆様に落下した。それを見ていた側近二人は急いで塀に近寄り大声で叫んだ。

「殿！大丈夫でございますか。怪我はありませぬ。」

塀の向こう側からの返事はない。

「中根殿。北門の勝手口から外へ向かいましょう。今はそれしか方法がありません。」

「左様。急ぎましょう」

老体に鞭打って二人は駆け出した。しかしながら、一橋邸の敷地は広大である。門を通って塀の反対側へ出るには約二百メートルは走らなければならない。

そのころ塀の反対側では、慶喜は転倒したものの大した怪我もせず、すぐに立ち上がっていた。二人の叫び声に近い声は確かに聞こえていたが、慶喜はそれに答える積りは毛頭ない。慶喜は子息を三十七人も作ったという父斉昭の遺伝子をしっかり引き継いでいる。一刻も早く吉原へ到着し、女郎相手に大いに羽根を伸ばしたかった。この程度の転倒は痛くもかゆくもない。慶喜は、急ぎ着物の裾についた土埃を払いのけ、東方へ向かって速足で歩き始めた。

一橋邸は江戸城郭内の北側に位置している。外堀に沿って東へ向かい小伝馬町、馬喰町を経て隅田川沿いを北へ向かうと浅草である。浅草寺を中心とするこの界隈は、老若男女が集う江戸随一の賑わいを見せる遊興地であった。ここを通り抜け、更に北へ向かった場所にあるのが吉原である。現在の東京メトロ日比谷線の三ノ輪駅から明治通りを通り抜け土手通り沿いを歩いた場所に吉原大門交差点がある。ここから西の仲之町通りが江戸幕府公認の遊郭、吉原のメインストリートである。一橋邸からは五キロメートル以上離れており、速足で歩いたとしても当時の道路事情を考えれば小一時間を要した。総面積は二万坪以上、約二百七十件の妓楼が建ち、最盛期には三千人以上の遊女が生活していたと言われている。一九五八年に売春禁止法が施行されるまで、長年に渡り正々堂々とその営みが行われてきた街であった。

慶喜は提灯で足元を照らすこともせず、暗い夜道をひたすら歩いた。幸い今夜は雲に切れ目があり、星明りだけで進むことができた。しかし今の季節は冬である。寒気が肌身に染みた。しかし、その後に訪れる一夜の楽しみを考えると、この程度の寒さなど俄然耐えることができる。

浅草の街路を通り過ぎた頃である。慶喜は周囲に妙な気配を感じていた。その気配は、屋敷を出て少し歩いた頃から感じている。気のせいかもしれないが、誰かに後を追われているような監視の目を感じ取っていた。まさか中根と黒沢がここまで追いかけて来たとは思えない。慶喜は、時々後ろを振り返るが誰もいない。やはり気のせいだったのだろう。そう思って更に前進した時である。前方の暗がりの中に四、五人の刀を腰に据えた侍らしき人影が立ちはだかっていた。慶喜はその侍たちから発する殺気を感じ取った。今ならまだ後方へ走れば十分逃げ切れる距離である。そう考えると即、後ろを振り返った。慶喜が走りだそうとすると、既に後方へも四、五人の侍が退路を塞いでいたのである。両側には家屋の塀があり、完全に退路を断たれた形となった。塀を跳び越えるには、今度ばかりは高さがあり過ぎる。獲物を追い込んで逃がさないためには、ここは最高の場所と言えた。相手は、最初から自分がここを通ることを察知しており、ここで待ち伏せしていたとしか思えない。慶喜としては、ここは一度観念するしかなかった。後は自分の身分を如何にして隠すかである。

前方の侍たちが慶喜に迫ってきた。後方の侍たちは刀に手をかけ、絶対逃がさぬ体制を取り続けていた。先頭の男が慶喜に一歩近づき声を掛ける。

「拙者、大老井伊直弼の家臣、河西忠左衛門と申す。其の方は一橋家の当主、一橋慶喜殿とお見受けするが如何に」

慶喜はその名を知っていた。河西忠左衛門と言えば井伊家随一の使い手である。剣を交えたところで勝てるわけがない。しかもこちらは懐に短刀を忍ばせているだけで大刀を持ち合わせていない。素性がばれ井伊大老の前に引き出されれば後は死あるのみである。残された道は言葉巧みに言い逃れをすることだけであった。しかし、考えてみるとこの状況は不自然である。偶然にしては出来過ぎているのではないかと慶喜は思った。井伊は、慶喜が謹慎中であるにもかかわらず、屋敷の外に出ることを初めから察知していたのではないのか。そう考えても不思議ではない。だとすれば慶喜にとっては既に万事休すであり、井伊の罠にかけられたのと同じことである。後は白を切れるところまで切るしかなかった。

「何を仰せられます。某はただの浪人者、そのような高貴な身分ではございません」

河西は、それまでに江戸城へ登城する一橋慶喜の顔を何度か見ていた。見間違うはずはない。河西にとって、目の前にいる男は間違いなく一橋慶喜その人であった。

「拙者、これまでに何度も慶喜公のお顔を拝見してござる。見間違うことはない。どうしても違うと言うのであらなら、今から一橋家へ事情説明の上、その方の身柄を我が彦根藩邸へ送致し、井伊大老の面前でお顔を見分いたしとうござる」

河西の言葉が終わると同時に、慶喜は懐の短刀を抜き、右手で振り回しながら河西の脇を走り抜けようと試みた。河西は一瞬の隙を突かれたため刀を抜く暇がない。慶喜は河西の右わきを勢いよく走り抜けた。辺りは暗い。この囲みを打ち破ってしまえば何とか逃げ切れなくもない。そう考えた慶喜の一瞬の決断であった。しかし、河西の後ろには数人の武士が待ち構えている。鞘から刀を抜く時間は十分あった。全速力で河西の後ろへ回った慶喜であったが、大刀を抜き放った侍数人に囲まれてはどうすることもできなかった。短刀を振り回したものの、一人の男が振り降ろした刀により右手首ごと地面にたたき落された。慶喜は思わず片膝を地面に着ける。そこに背後から近づいた河西の刀が思いっきり振り降ろされた。慶喜の体は右肩から左わき腹にかけて切り裂かれた。血が噴水のように噴き出す。河西は隙をつかれ、危うく逃げられそうになったことを仲間に見られ、そのことが慶喜に対する憎悪を拡大することとなった。慶喜の体は痙攣しており、脈打つとともに血がこぼれ出た。まだ心臓は動いているようである。河西は、うつ伏せに倒れている慶喜の背中から心臓のある位置めがけて刀を突きさした。しかも一度刀を引き抜き、再度突き刺し止めを刺したのである。痙攣も止み慶喜の体は全く動かなくなった。河西は更に一突きしようとした。その時、周囲にいた侍の一人が声を掛けた。

「河西殿、もうそのくらいでよろしいのでは。完全に息絶えております」

「ところで亡骸はどのように取り扱いましょう」

河西は一瞬、間をおいてから答えた。

「仮にも一橋家の当主、一時は次期将軍候補として推されたお方だ。無下に扱うこともできないだろう。取り敢えず戸板に載せて屋敷まで運ぶとしよう。大老には私から報告する」


彦根藩上屋敷は江戸城桜田門から堀に沿って東へ、現在の距離にして約三百メートル離れた場所にある。慶喜が遭難した場所からは歩いて約一時間の距離である。暗い夜道、遺骸を運んでいると、途中で通行人とすれ違うことはあったが、特に怪しまれることもなく一行は屋敷に到着した。

大老井伊直弼は河西忠左衛門より詳細を報告された。

「慶喜公が夜遊びに耽っているという噂は本当であったか。父斉昭に似て好色だという話は耳にしておったが、謹慎中に屋敷を抜け出して吉原へ出入りしていたとはのう。明るみになれば死罪は確実、それを分かっていながらの行動、大したご仁じゃ」

河西も納得して頷いた。

「して遺骸はどのように処置いたしましょう。追剥にでも襲われたことにして外堀にでも放り投げましょうか」

直弼は少しの間、考えた。

「いや、慶喜公は徳川家の血筋には違いないのだ。当家の者が詮議もせずに惨殺してしまったことは公にしたくない。だからといって物取りの仕業に見せかけるのもどうしたものだろう。取り敢えずは江戸市中のどこか廃寺の空き墓地にでも埋めるとしよう。」

「早速、取り計らいます」

「その場に居た者たちには硬く口を閉ざすよう申し伝えよ。それから忠左衛門、近日中に何か適当な理由を付けて一橋家を訪問し、一橋慶喜への謁見を申し出て参れ。当主不在を何と言い訳するか、後で報告せよ」

「一切、招致仕りました。私一人ではなく、家中の者を誰か一人、連れて行ってまいります」

最後に、井伊は口元に薄笑いを浮かべてこう言い放った。

「一橋家ではどのような申し開きをするか楽しみじゃや。もしかすると一橋家もこれで終わりかもしれぬ。くくくっ」

数年前、慶喜に押し掛け登城をされ、勅許なしの日米和親条約の締結を詰問されたことへの恨みもあるが、井伊直弼としては自分の意のままになる家茂を十四代将軍にするため、一橋慶喜という人間は邪魔以外の何物でもなかった。しかし、これで完全に息の根を止めてしまったのである。直弼にとって、今の幕府に優秀な将軍など必要なかった。自分の思い通りの政治が行える飾り物の将軍さえいればよかったのである。


一橋邸の門を出て、屋敷を囲む塀の外側を、明りの灯った提灯を持ち急ぎ足で進む二人の家人がいた。寒空の下、二人とも初老であり、息を切らせながら走っている。一人が声を掛ける。

「中根殿、確かこの辺りではなかったかな」

一橋家家臣中根長十郎は、もっと先を指さして答えた。

「あそこだ。あの木の下だ。あそこに人が倒れているのが見えるであろう」

二人は更に前進した。仰向けに寝ている人間に近寄り、提灯の灯火を近づけ顔をよく見る。気を失っているようだ。呼吸はある。更に胸に手を当てて鼓動を確認する。

「後藤殿、間違いござらぬ、慶喜公じゃ。この高さから落ちて頭を打ったのであろう。息はあるし鼓動も聞こえる。死んではおらん」

二人は顔や背中を押してみた。大声で呼びかけてもみたが応答はなかった。

「この寒い中、ここに置くことはできぬ。取り敢えず二人で屋敷の中まで抱えていくこととしよう」

「それにしても変でござるな。木から転倒した時と着衣が違っておりませんか。それに、この大きな布の包みは何でありましょう。先ほどはこんな物を背負っておりましたか」

「どうであったかな。よく覚えておらん。数年前に長崎へ行った際、オランダ人がこのような服を着ていたのを見たような気がする。この襟の高さが特徴的だ。殿はどこでこの服を手に入れたのかは知りませぬが、とにかく殿を一旦、屋敷の中へお運びしましょう」

広い一橋邸の奥に慶喜が謹慎する部屋が用意されている。八畳一間に床の間と押し入れ、それに外側がわずかに見える障子戸が二枚、部屋の隅に行燈が置いてあり、中央に布団が引いてあった。二人の家人は、気を失ったままの当主の体を、布団の上にそっと寝せたのである。

七郎は、自宅までの帰路を短縮しようとして、学校の塀を無理に跳び越えようとしたのがまずかった。体を支えようとして掴まった枯れ枝が折れるというハプニングを起こしてしまったのだった。七郎は後頭部を強打し意識を失った。どのくらい気を失っていたのかは分からない。どこかで声がする。自分の体を揺り動かしているようにも感じる。七郎は、その感覚とともに徐々に目が覚めていくのを感じていた。

「殿、しっかりなさいませ。大丈夫ですか、目をお覚まし下さい」

その声で七郎は目を開けた。後頭部に痛みが走る。七郎は、目を覚ますと塀から転落し頭から落下したという、さっきの経緯を思い出した。頭は痛いが体の他の部分に痛みはない。感覚もある。そう思った七郎は上体を起こした。

目の前に見たことのない初老の男が二人座っている。そのうちの一人が七郎に話しかけてきた。

「よかった。目を覚まされましたか。万一のことでもあれば如何しようかと心配いたしましたぞ。お体は大丈夫でござるか」

七郎は部屋の中を見渡した。学校の保健室ではない。病院の病室でもなさそうだ。ということは、通りがかりの誰かが自分を助けてくれて、近所の民家へ運び込んだに違いない。部屋の隅には見たこともない照明器具が一つある。中で蝋燭が燃えて、火が周囲を照らしているように見える。

「俺を助けてくれたのはあなた方ですか。お世話になりました。ところで、ここは一体どこですか。学校の近くでしょうか」

「ご安心ください。ここは屋敷の中でございます。落ちるところを見ておりましたので、自分と中根殿の二人ですぐに塀の向こう側へ走りました。もし、知らずに明日朝までそのまま放置でもしたならば、この寒気の中、凍え死んでいたかも知れませぬぞ。これに懲りて謹慎中に二度と吉原などに行きはしませぬよう、今度こそお約束下さい」

二人は深々と頭を下げた。

七郎は、二人が言っている言葉は理解できたが、何のことなのか合点がいかない点が多い。会津若松工業高校は大規模な学校で、教員は百人近くいると聞いた。半分以上は知らない先生だが、話の仕方からして先生ではなさそうだ。それに妙に敬語を使っている。学校関係者ではないのに、何故七郎が謹慎中だということを知っているのだろうか。それに二人の服装が妙に古めかしい。確かに会津には古風な人間が多い。正月などに、このような服装で過ごす人もたまに見かけることはあるが、髪型まで変えている人間は初めて見た。

「ところで、あなた方は一体どこの誰でしょう。俺は緑川七郎、会津若松工業高校の二年です」

「お忘れですか。私は中根長十郎、これに居るは黒川嘉兵衛です。よほど強く頭を打ったようですな。あの高さから落ちたあのですからやむを得ませぬ。記憶が飛んでいるか、昔に逆行しているように見受けられます。殿は確かに水戸徳川家の出です。幼名は七郎麿様でした。しかし今は元服し当家の跡取りとして相続、一橋刑部卿慶喜様となったのでございますぞ。思い出しましたか」

七郎にとって信じられないような、訳の分からない返答が返ってきた。

「何を馬鹿な話をしているんですか。確かに俺は顔が徳川慶喜に似ているとクラスの中で笑われたことがありますよ。だからと言って、何で百数十年経った今になって俺が一橋家を相続する必要があるんですか。ふざけてないでもっと真面目に答えて下さいよ。

それから学校で俺は何も悪いことなどしていないのに、規則違反だと言われて謹慎することになっています。しかし何であなた方はそれを知っているのですか」

「確かに殿に対しては登城禁止から始まり、蟄居、更には謹慎という厳しい御沙汰がございました。これは全て井伊直弼の陰謀であること、それは誰もが知っております。しかし、今のところは殿ご自身のため、また一橋家のために大人しく受け入れるしかございませぬ」

中根、黒川の二人は、慶喜が頭を打ったため、記憶が部分的に飛んでおり更には意識が錯綜していることを信じて疑わなかった。七郎は何を質問していいのかわからなかったが、取り敢えず二人に話しかけるしかなかった。もしかしたら、テレビ局が一般市民をドッキリさせる番組企画でもしているのではという期待もあった。だとすれば、こんな暗い部屋で、しかも暖房もない環境で撮影ロケを行うはずはない。その期待は完全に外れたようである。

「ところで今日は何年の何月ですか」

「安政七年の二月でございます」

「安政？令和の間違いではないのですか。西暦では二〇二二年ですよね」

二人は顔を見合わせた。とにかく今は安静にして、一日も早い慶喜の脳の回復を祈るしかなかった。

中根が七郎に向かって言った。

「取り敢えず今夜はお休みください。明日になれば少しは気分も晴れましょう」

七郎は、まだ後頭部の右側の方に少し痛みを感じていた。ひょっとすると頭を打ったために何か幻覚を見ているのかもしれない。そう思い今日のところはここで休ませてもらうことにした。


江戸時代の日本の人口は推定で二千六百万人、そのうち百万人以上が現代の東京、江戸市民であったと言われている。徳川家康が入府した際には、原野と湿地が大半を占め、人口も十五万人程度の荒廃した土地であった。家康が征夷大将軍に就くと大規模な拡張工事と城下町の整備が行われる。更に大名の参勤交代が実施されるようになると、各大名の屋敷が立ち並び、江戸中期には世界一、二位を争う大都市へと発展したのであった。

七郎は、障子の隙間から差し込む太陽の光によって目を覚ました。障子戸は数センチしか開いていない。謹慎中の生活は障子戸の開け幅も決められていた。それどころか家臣との不用の会話でさえご法度なのである。謹慎中の生活については、たまたま昨日の日本史の授業中、原先生の雑談の中に出てきた。七郎は布団から抜け出し、昨夜の件は悪夢であることを念じながら、恐る恐る障子戸の隙間に目を近づけてみる。幸い、後頭部には今も少し痛みが残るが、立ち上がることに造作はなかった。縁側があり、その先には庭がある。庭石と植樹が見えるが、葉は落ち枯れ枝だけが目立っていた。塀が高くその向こう側は見ることができない。屋敷の住人はまだ眠っているのだろうか。静かで物音ひとつしない。七郎は今こそチャンスと決め、そっと障子戸を開け庭に走り出た。裸足のまま塀に近づき枯れ枝に掴まりながら跳躍する。簡単に塀の上に体を乗せることができた。しかし、そこに七郎は信じられない光景を目にすることとなる。

「一体どういうことだ、これは」

目の前に広がるのは明らかに会津若松市街ではない。時代劇の撮影所かと思ったが、これほど大掛かりなセットなど、会津にあるはずがない。街並みだけではない。通行人の服装、髪型に持ち物、帯刀しているのは武士であろう。今は間違いなく朝である。だが、通勤途中のサラリーマンや学生の姿は全くない。それに道路は非舗装で車が一台も見当たらない。信号機や道路標識もない。昨日の二人が言ったように、ここは本当に安政七年、すなわち江戸時代末期なのだろうか。中根と黒川と名乗った二人の家人たちは、七郎のことを一橋慶喜と呼んだ。ということは、ここは一橋邸、江戸城郭内でも最も北側に位置しているはずだった。SF映画の世界で使う言葉を用いるのであれば、七郎はそこへタイムスリップしたことになるのだ。七郎は小声で声を発した。

「そんな馬鹿な。俺はバックトゥザヒューチャーのマイケル・J・フォックスかよ」

その時、屋敷内の廊下を進む足音が、こちらへ近づいてくるのを聞いた。七郎は急いで塀から跳び下り、部屋へ飛び込むとともに障子戸を閉めた。部屋の中は薄暗い。こんな所に一日中いたら正直頭がおかしくなりそうだ。

障子の外から声を掛けてきたのは中根長十郎であった。

「殿、お目覚めでございましょうか」

七郎は考えた。もしかすると、まだ夢の途中なのかもしれない。だが、もしこれが現実だとするならば下手な行動や言動はできない。この屋敷の住人たちは、七郎のことを当主の一橋慶喜であると信じ込んでいる。赤の他人だと分かれば殺されないとも限らない。それならば話を相手に合わせて一橋慶喜になりきる他はない。幸い顔は家臣ですら見間違えるほど慶喜にそっくりらしい。七郎の話の内容から疑心を抱かれるようなことがあった時は、木から落下して頭を強打したことが原因としておけばよいだろう。七郎は、取り敢えずここはそれで乗り切る他はないと考えた。

「中根さん。昨夜はありがとうございました。助かりましたよ。まだ頭がズキズキしますがだいぶ良くなりました。でも、目の前が少しぼやけて見えて、意識も少し混濁しているんです。最近の記憶も薄れてしまっています。申し訳ありませんが困った時は助けて下さい。お願いします」

中根は慶喜の様子が明らかに変であるのを感じ取っていた。昨夜、頭を打ったことが原因であることは間違いない。しかしながら、慶喜は謹慎中であり、外へ出ることも外部の人間との接触もできないのであるから、特に問題はないと中根は判断した。それより、このまま回復せずに頭痛を持ち続けてくれた方が、二度と夜遊びなどという行動はしないであろう。そう考えると、中根としては却って安心できた。

「招致仕りました。ですが殿、中根さんなどという呼び方はなさらずにお願いいたします。中根で結構でございます」

「はい。わかりました。これからは、その様にいたします。ところで中根さん、いや中根。実は俺、昨日のショックで最近の自分の記憶をなくしてしまったようなのです。それで少し教えて下さい」

「何なりとお尋ね下さい」

「俺、昨日はどうして塀から落ちたんでしょう。どこかへ行く予定だったんですか」

「私と黒川が強くお停めしたのも関わらず、吉原へ遊びに行こうとしたのでございますよ」

「吉原？日本有数のソープ街。いや違う、江戸一の歓楽街と言われる吉原のことですか」

「左様でございます」

七郎は聞いていて呆れ果てた。慶喜の父親である徳川斉昭は子供を三十七人も作るほどの好色家であり、また慶喜自身も明治になってからは悠々自適の生活を送り、妾を複数抱え子供も二十一人作ったと聞いた。つまり親子二代に渡り、しっかり同じ遺伝子を表現する生活を送っているのである。

「だいたい謹慎中にフーゾクなんかに普通行くかよ。俺だって謹慎が決まった時は反省するフリだけはしていたぞ」

中根は七郎の言っている意味がよく分からず小首を傾げたが、すぐに用件を伝えた。

「まもなく小姓が朝食を持って参ります。今しばらくお待ちを」

「ところで中根さん。いや中根。トイレは、いやその、何と言ったか、そうだ厠《かわや》だ厠。厠はどこにありましたっけ」

「こちらでございます」

この時代にも便所はあるらしい。七郎は案内された。狭い個室だが清掃は行き届いていた。便槽は浅く底に砂が引いてあるのが見える。おそらく一度用を足すごとに小姓が毎回片付けるのであろう。実に衛生的であると七郎は思った。大きい方をやり終えると困ったことに気が付いた。紙がないのである。別にトイレットペーパーやティッシュペーパーのような贅沢は言わないが尻は拭きたい。七郎は個室の中から声を出した。

「中根。紙を持ってきて下さい」

中根の返事が返ってくる。

「紙でございますか。一体何のために」

「決まっているでしょう。ケツを紙で拭くのですよ」

「何ということを。無理は言わないで下さい。貴重で高価な紙を尻の掃除にお使いになりたいとは。余りにも理不尽でございますよ」

「理不尽？ではどうすれば良いのですか。まさかこのまま下着を上げるなんてことは」

「こちらへおいで下さい」

七郎は、しぶしぶ拭かずに個室の外へ出た。すると中根は縁側の下の庭を指さしている。

「これが慶喜様ご使用のものです。お忘れですか」

見るとそこに二本の棒が地面に突き刺さっており、その間に一本の綱が張ってある。

「この綱の上を跨いで歩くのですよ。二回ほど往復すればだいたい奇麗になるでしょう」

七郎は以前、何かの本で読んだような気がした。その時は笑い話だと思っていたが、今七郎の目の前に現実に存在している。しかし躊躇している場合ではなかった。今は実行するしかない。慣れない足取りで綱を跨いで二往復した。確かに糞は取り去られたような感覚はしないでもない。

「この綱は一回ごとに交換するのですか」

「いえ、三日に一度くらいで交換いたします」

七郎は唖然とするしかなかった。実に不衛生である。七郎は、今日からの大便は三日に一度のペースでしようと心に決めた。

部屋へ戻ろうとした時である。小姓の一人が走ってきた。何か気忙しい様子である。

その様子を見て中根が声を掛けた。

「如何いたした」

「中根殿、慶喜様。今、幕府からの使いとかで彦根藩家中の方が見えております。玄関に待たせております。如何いたしましょうか」

「井伊大老の家臣ということか。何か要件は申しておったか」

「はい。何でも慶喜公のご尊顔を拝見したいとか言っておりますが、今時なぜその必要があるのか合点が行きません」

「とにかく、大老の使いでは追い払うわけにも行くまい。謁見の間に通しておけ」

七郎は緊張した。要するに生きている人間の首実検をするということなのだろうか。もし、ここで一橋慶喜ではないということがバレたなら一体どうなるのだろうか。そう思うと居ても立っても居られない。逃げるのなら今のうちしかない。逃げると言っても、一体どこへ逃げればよいのだろうか。逃げ場所など何処にもない。もしかすると今日が年貢の納め時かもしれないが、こうなった以上、やれるところまで一橋慶喜という人間を演じまくるしかない。七郎は、半ば開き直った態度で臨むことにした。

一橋邸は広い。中根の案内で使者が待つ部屋へ連れていかれるまで、廊下の角を何度も曲がった。廊下も清掃が行き届いており塵一つ落ちていない。所々で庭の一部が見えたが、植木の本数も半端ではない。夏になれば緑の木々が見る人を爽快な気分にすることであろう。七郎は、テレビの時代劇では知ることのできない当時の大名の生活環境を見たような気がした。

どの部屋にも照明はないし、ガラス窓もない。したがって室内は昼間でも薄暗いのである。だからと言って、今の季節に襖を開け放っておけば冷気がどんどん入り込み堪ったものではない。テレビや映画で見る時代劇では昼間の室内は十分に明るい。しかしそれは放映上の都合であって、電気が発明される前の日本の家屋というものはどのような状態であったのか、七郎は改めて実感していた。

井伊家の家臣二人は先に部屋に通され待っていた。慶喜は、謹慎中とはいえ身分は井伊家の家臣よりは上である。そのため二人の侍は正座し上体を伏している。七郎が着座すると二人のうちの一人が先に声を出す。

「大老井伊掃部守直弼が家臣、河西忠左衛門と申します。これに控えるは永田正備でござる。」

七郎はその名に記憶があった。確か井伊家ナンバーワンの剣の使い手、二刀流を遣うはずだ。桜田門外の変では襲撃側を散々打ち据えるものの、最後は全身をずたずたに切り裂かれて殺されると本で読んだ記憶がある。もう一人の方は初めて聞く名であった。しかし、実際には永田正備の方も、井伊家中ではその名を知られる剣の使い手である。

中根が二人に向かって声を発した。

「この度はお役目ご苦労にございます。表をお上げ下さい。一橋慶喜公にございます」

河西忠左衛門にしてみれば、一橋慶喜がここに居るはずはないのである。もうこの世には居ないのだ。昨夜は確実に止めを刺したはずだ。一体ここの家中の者はどう対処するつもりなのだろうか。河西はゆっくりと上体を起こす。そして、目の前に座っているこの屋敷の当主の顔をしっかり見据えた。河西は喉の奥からアッという声が出る。そしてその後、河西は開いた口が塞がらなかった。何度も繰り返して慶喜の顔を見る。この顔を見るのは昨夜だけではない。今までにも数回見た顔である。そこには間違いなく一橋慶喜が着座しているのである。瞬き一つせずに慶喜の顔を見ている河西に対し、中根は少し違和感を持った。

「河西殿。如何いたしたか。何かご不審な点でもおありか」

河西は何をどう答えていいのか分からなかった。それどころか全身から冷汗が流れるのを感じ取っていた。もし慶喜が生きているとすれば、昨夜殺したのは一体何者であったのか。自分は取り返しのつかないことをしてしまったのではないだろうか。昨夜から一晩のうちに替え玉を準備するとは思えない。ましてや戦国時代のように影武者が存在することなど到底あり得ないのだ。そんなことより、目の前にいるのは確実に一橋慶喜その人に間違いないのである。河西はしどろもどろの口調だが、何か話すしかなかった。

「そのう、何と言えばよいのか、とにかくご健勝のご様子、執着にございます。早速帰って大老に報告したします。しかし、その、謹慎中は髪や髭を剃ることはご法度であるはず、それを何と心得るか」

河西はここぞとばかりに因縁を付けてきた。それに対し中根が何か言おうとしたが、その前に七郎が割り込んできた。

「あんたがご尊顔を拝したいとか言うから、顔がよく見えるように急いで剃ってきてやったんだろうが。ほらよく見ろ。見たらさっさと帰れ。こっちは謹慎で忙しいんだ」

どうせ重箱の隅でも突く積りでやってきたのであろうと七郎は思った。だいたい忙しい謹慎などというものは聞いたことがない。この無茶苦茶な言動に対しても井伊家の二人は何も言い返すことはなかった。河西は、一橋慶喜が健在であることで頭がいっぱいであり、考える余裕がなかったのだ。

中根は慶喜のこの態度に冷汗をかいていた。それだけではなく、慶喜の今のような態度、口の利き方も以前には聞いたことがなかった。一応、相手は大老の使いである。それなりの礼は尽くさなければならないのが当然である。それ故、中根は主君の態度に度肝を抜かれたのであった。

河西忠左衛門と永田正備の二人は、早速、大老井伊直弼に向かって、今日の一橋邸での一部始終を報告した。井伊は報告を最後まで聞き終わると大きな溜息を洩らした。

「つまり昨日は一橋慶喜に似た別人を殺したということだな。それに間違いはないな」

「間違いございませぬ。全く取り返しのつかぬことをしてしまいました。一橋卿は確かに健在でございます。この目で確認いたしました。迂闊でございます。昨夜は確かに一橋邸から抜け出した男を尾行したつもりでおりましたのに」

「屋敷の門から出てくるのを確認したのか」

「いいえ、慶喜公は塀を乗り越えようとして失敗したらしく塀の下に転倒しておりました。

それから起き上がって吉原へ向かって歩き始めたのでございます」

「塀から落ちるところは見たのか」

「いいえ、それは見ておりませぬ」

「それなら、お前たちが後を追った男は一橋慶喜とは限らないということだろう。たまたまそこで転んだ人間を一橋慶喜と思い込んで後をつけたのではないのか。」

井伊はしばらく黙って思考した。河西らが惨殺した男は一橋慶喜ではない可能性が高い。吉原へ遊びに行く遊び人の一人が物取りか追剥にでもあって殺された、そのように片付けるしかないだろう。井伊はそう判断した。さらに井伊は河西に質問した。

「一橋慶喜に謁見し、何か他に気になったことはなかったか」

「特にございませぬ。ただ、今まで慶喜公の姿は何度か目にしておりますが、言葉を交わしたのは今回が初めてでございます。一つだけ気づいたのですが、慶喜公の口調が、水戸の言葉というよりは奥州の人間の口調に似ておりました」

井伊は少し考えて返答した。

「二年間も謹慎状態で誰とも会話できなかったのだ。言葉に異変化も起こすだろうよ。この件についてはもうよい。昨日の殺生については絶対に外部に漏れぬよう居合わせた者によく伝えよ。今の将軍家茂は体が弱くいつ死ぬかわからぬ。万一、数年中に死ぬようなことはあれば、次の将軍には慶喜を推す者が必ず現れる。そうなると面倒だ。その前に一橋慶喜は抹殺しておく必要がある。その手段は改めて考えよう。引き続き慶喜を見張れ。よいな」

河西と永田は深々と平伏した。

七郎は一橋邸の自室、すなわち謹慎の部屋にいた。今日は何とか乗り切ったが、明日以降どんな人間と接しなければならないのか分かったものではない。特に今日は、部屋の暗さも幸いした。井伊家の家臣は自分を一橋慶喜であると信じて帰って行った。しかし、もし明るい外で顔を見られたならば、細かい所まで観察されボロが出たかもしれないのだ。そう考えると生きた心地がしない。

七郎は、木から落ちた時に背負っていたリュックの中を確認した。身に着けていたリュックとポケットにしまっていたスマホとその充電器は一緒にこの時代に来てしまったらしい。スマホは幸い百パーセント充電してある。だがゼロになるのは時間の問題であった。充電器はあってもこの時代には電気がないのだから無意味である。リュックの中を覗いてみた。入っているのは教科書「新日本史」と「図説日本史資料」、電卓、レポート用紙、筆記用具、封筒とその中にお金、高校の「身分証明書」、映画雑誌「シネマ情報九月号」、先週見たホラー映画のパンフレット、先日の化学実験で作った石鹸が二個。また終了した化学実験レポート、すなわち実習の報告書が入っていた。その表紙には提出締切日が記載されており、それは明日である。今の七郎の状況を援助するに値する物は何一つない。七郎は更なる絶望感を味わうしかなかった。

七郎は、誰か自分の力になってくれる人材はいないのかを考えた。確か慶喜には有能な側近がいたはずである。その側近の名を七郎は記憶していた。そこで、早速中根を部屋へ呼んだ。

「中根さん。いや中根。平岡円四郎さんと原市之進さんを知りませんか」

中根は答えた。

「円四郎は今、殿の謹慎の側杖を喰い甲府勝手普請として追いやられておりますよ。恐らくは一生をそこで終えることでございましょう」

中根は心配そうな顔をして答えた。しかし、慶喜は頭を強打し記憶の一部が消えているらしいが、平岡円四郎の名前だけは忘れていなかった。このことに関しては、中根自身、至極嬉しかったのである。

勝手普請というのは江戸から遠国へ追いやられることであり、遠島と変わりない処罰である。すなわち、慶喜の謹慎が解除されない限り、永久に七郎の前に現れることはないということである。七郎は、これから起こる桜田門外の変において、井伊直弼は殺害されることを知っている。しかしながら、安政の大獄の犠牲者というのは日本史の教科書に掲載されている人物だけではなかった。今、その家臣にまで及んでいたことを改めて知り、井伊直弼という人物の徹底した弾劾を実感したのであった。

七郎はもう一人の消息を尋ねてみた。

「原市之進はどうですか」

「そのような者は当家には存在いたしません」

七郎は、ここまでの経緯を整理して考えてみた。すると、ある重大なことに気が付いた。一橋家の二人の家臣の話では、慶喜は塀を跳び越えようとしてジャンプしたが失敗して塀の向こう側へ転倒したという。七郎が学校の塀を乗り越えて着地しそこない頭を打ったのと酷似している。その後はどう解釈すればよいのか全く理解できないが、七郎の身体は慶喜が落ちたところへ出現したのだ。ＳＦ映画の世界で言うならばタイムスリップというものであろう。そんなことが現実に起こり得るのかと思いたいところであるが、これがもし夢ではないのなら現実に起こってしまったのだ。七郎は、そこは割り切るしかないと考えた。しかし、問題はその続きである。もし本当に約百六十年前の時代にタイムスリップしたのであれば、令和四年の緑川七郎は突然姿を消したことになる。当然、家族は警察に捜索願を出すだろう。また、屋敷の塀から転落した本物の一橋慶喜は一体どこへ行ったのであろうか。それが重大な問題であった。万一どこかに隠れていて様子を観察しているとすれば大変である。いずれ自分が偽物であることが暴露される。しかし、もしそうだとすれば、慶喜は何が目的でそんなことをする必要があるのだろうか。

今日、井伊大老の家臣二人が突然一橋家を訪ねてきた。大した用事ではない。ただ単に顔を見に来たということであった。七郎が慶喜と入れ替わったのは昨夜である。余りにもタイミングが良すぎる。まるで、一橋慶喜が不在であることを知っていて、わざとらしく訪問したようだ。七郎は、裏に絶対何かあると感じた。ここは状況から推理するしかない。考えられることは一つである。塀から転落した慶喜は、怪我をしたわけではなく歩きだしたのであろう。隠れて見ていた井伊家の侍たちは慶喜の後を追い、どこかへ拉致もしくは殺害した。その後、たまたま慶喜が転落したのと同じ場所に七郎がタイムスリップして現れ、一橋家の家臣が七郎を保護したとしよう。そう筋道を立てれば全て辻褄が合うのである。井伊家の家臣が七郎の顔を見るなり、目を丸くし、しかも途中から冷汗をかき、急にしどろもどろの応答しかできなくなったことも、七郎には理解できるのである。本物の一橋慶喜が拉致監禁されているのならば、どちらが本物なのか早急に調査するはずである。井伊大老が、それを行っている気配がないということは既に本物はこの世にはいないということに違いない。そうなると、七郎が、明日も無事に生き伸びるためには一橋慶喜になりきるしかないということである。

三　桜田門外の変

安政七年三月三日、この日の江戸は朝から雪が降っていた。旧暦の三月三日は現在の暦の三月二十四日にあたる。大きな牡丹雪が降り続き辺りは真っ白になった。季節外れの雪ではあるが、当時は今のような地球温暖化現象はないため決して珍しい光景ではなかった。当時の江戸は現代の東京より平均気温が三度低かったと言われている。この後の日本は工業立国として繁栄することにより温室効果ガスを振り撒き、気温の上昇をもたらし東京の積雪そのものが珍しくなる。現代のように、たまに雪が積もると交通が麻痺し一時のパニック状態になることなど、当時の市民は誰も予想していない。

この日、七郎が目を覚ましたのは現代の時刻にして朝七時頃である。今日も真面目に謹慎生活をすることしかやることがない。七郎にとってはここで謹慎を始めてまだ十日たらずだが、徳川慶喜はこの部屋で二年間もの長きに渡り謹慎している。それにしても寒い。七郎は障子の隙間から外を眺めた。大粒の雪が深々と落ちてきているのが見えた。今日は雪であったか。道理で寒いはずだと思いながら、七郎は会津若松に降る雪を思い浮かべていた。

その時、七郎は思わずハッとした。桜田門外の変が起きたのは安政七年、これは間違いない。七郎が持ってきた「新日本史」の教科書でも確認できる。しかし、教科書にはさすがに日時までは記載してない。テレビドラマで見た時、事件の日は雪が降っていた。あれは史実だろうか。桜田門外の変をテレビで見たのは一度や二度ではない。毎回、襲撃側と井伊家の家臣たちが雪の中で斬り合いを演じるのであるから、おそらく史実であろう。今も昔も、東京にこれだけの牡丹雪が降る日はそう多くはないであろう。とすると、まさか今日が事件の日ということはないだろうか。

井伊直弼が殺されようが生きていようが、七郎にとってそんなことはどうでもいい。ただ一つだけ、七郎には以前から思っていたことがあった。もし井伊が桜田門外の変で死ぬことがなく、尊攘派浪士を徹底的に弾圧し殺しまくっていたとしたなら、歴史はどう変わっていたであろう。少なくとも、会津の松平容保は京都守護職などという役職を強引に与えられることはなかったはずだ。容保が火中の栗を拾いに行くような貧乏くじを引かずに済んだのではないか。そうすれば会津戦争の悲劇も起きない。会津の代わりに井伊直弼が尊攘派の恨みを買ってくれるだけの話である。井伊直弼を襲ったのは水戸の浪士である。彼らが井伊を殺すなどという余計なことをやったばかりに、戊辰戦争で会津は地獄を見たのだ。そう考えると、できれば井伊直弼のことを殺したくはない。井伊直弼が生存していることが会津を救うことになるかもしれないのだ。七郎は考えた。井伊直弼を生かしておくためには、彦根藩邸へ使いの者を走らせ、水戸浪士が襲撃を企てている件を伝える以外に手立てはない。

しかし問題もある。井伊直弼が生きている限り、七郎はずっと謹慎のままだ。下手をしたらこのまま一生謹慎を続けることになりかねない。ましてや井伊直弼を生かすことは歴史を変えてしまうことだ。明治維新はないかもしれない。そうなると徳川の世はまだ先が長いということになる。そうなったら令和の世の中は訪れるのだろうか。

明治維新後の日本は、封建制度はなくなり士農工商という身分制度も消滅する。武士という特権だけで何の意味も持たない身分がなくなるのは良いことだ。明治以降の日本は日清、日露戦争、第一次世界大戦、日中戦争、第二次世界大戦と戦争と侵略の道を突き進んでいく。それは昭和二十年八月十五日にまで続くのであるが、それまでに死んだ兵士、犠牲となった民間人の数は数えきれない。それが薩摩、長州を始めとする官軍の連中が作った新しい世の中だというのならば、徳川の方がまだましかもしれない。

七郎は、思案しながら座ったまま布団にくるまった。七郎は、ふとあることを思い出した。そして、急ぎ中根を部屋に呼んだ。

「確か月に一度、大名が江戸城への総登城の日があるでしょう。それはいつですか」

「三月三日、本日でございます。辰の刻（午前八時）より登城が始まります。それがどうかいたしましたか」

中根が言い終わると同時に、登城を知らせる太鼓の音が鳴り響き始めた。七郎は一瞬、顔面蒼白となった。遅かったと思うしかなかった。

「井伊直弼は何番目に登城しますか」

「特に順番は決まっておりませんが、大老は最初の方ではないかと」

さらに七郎は中根に質問した。

「ここから彦根藩邸まで走ればどのくらい時間がかかりますか」

「四半刻（約三十分）も要しましょうか。ところで、どうかなさいましたか。お顔の色が優れませんぞ。何か心配事でも」

七郎は勢いよく立ち上がった。

「出かける」

驚いた中根が七郎に飛びつき、七郎の足を掴んだ。

「何を仰いますか。外出が見つかれば死罪は確実。今までのように真っ暗な夜ではなく昼間外出などしたならば、間違いなく目につきますぞ。そうでなくとも殿は幕府から目をつけられております。先日、井伊家の家臣が突然当家を訪問したことが何よりの証です」

確かに中根の言う通りであった。この屋敷の周りには井伊家の侍供が隠れ潜んでいないとも限らない。そう考えると、七郎は大人しく座して待つほかはなかった。そして、押し殺すような声を喉の奥から発した。

「井伊が死ぬ。会津が危ない」

中根は確かにその声を聴いたが、言っていることの意味は不明であった。

桜田門外の変の知らせが一橋家へ届いたのは、その日の夕刻であった。内容は井伊直弼の行列が水戸脱藩浪士十七名と薩摩藩士一名の計十八名に襲われたことである。井伊家の発表では、井伊直弼は重症であるが生存しているという。だがそれは全くの嘘である。現場の目撃者は何人もおり、井伊直弼の首は確実に胴体から切り離されていた。

四　一橋家の人々

井伊直弼は死んだ。だからと言って七郎の生活が変わるわけではなかった。これまで通り謹慎生活である。中根長十郎はじめ家人たちは言う。

「いま少しの辛抱でございます。必ず謹慎は解けることでございましょう」

井伊が死んだからと言って、法度破りの罪が消えるわけではない。それとこれとは別の問題である。

「幕府としても面子があるでしょう。そう簡単に謹慎解除したのでは徳川としても立場がない。もし、謹慎が解除されるのであれば半年後、下手をすればもっと先ですよ」

七郎は、その日が来るまで暗い部屋に閉じ籠り、のんびり待つほかはなかったのである。しかしながら井伊が死んだとこで監視の目は極端に弱まったと見ていいだろう。幕閣の中には井伊に反感を持っていた者も少なくはない。もしかしたら、屋敷内の生活はほとんど自由に行動しても誰にも咎められることはないかもしれない。

そんなある日のことである。中根長十郎が七郎の部屋へ飛び込んできた。中根の表情が明るい。七郎には、中根が何か吉報を持って来たように思えた。

「殿、平岡円四郎が参上いたしました」

平岡円四郎と言えば原市之進と並び、徳川慶喜の懐刀ともいうべき側近中の側近であり、慶喜が信頼した家臣の一人である。安政の大獄においては一橋慶喜の側杖を食い甲府へ流されたと聞いた。それが何故ここに戻ることができたのだろうか。七郎は疑念を抱いた。まさか一橋慶喜より先に謹慎が解けたというわけではあるまい。疑問は残るが、とにかく会うしかなかった。

広間に入ると、平岡は既に待っていた。後方に若い一人の武士を従えている。七郎の持つ知識では、平岡は慶喜より五歳年上である。しかし慶喜はこの側近を兄弟のように慕っていたそうである。安政の大獄の前には、越前の橋本佐内や水戸の藤田東湖のような思想家とも深く交わっていた。井伊直弼から危険人物として目を付けられた理由は、将軍継嗣問題において慶喜擁立運動に加担したことが第一である。予想通り、聡明な顔つきをしており、また周囲に気を配る優しい表情も呈していた。

平岡円四郎のもともとの姓は岡本と言った。事情により、旗本の平岡文次郎の養子となり平岡の姓を名乗るようになる。この文次郎だが天保年間に南会津の天領地に代官として赴任した。天保十年の大凶作の際は、江戸から寒さに強いジャガイモを取り寄せ農民に作付けを指導した。これが大成功を収め、天保の大飢饉から南会津の農民の多くを救ったという。平岡円四郎の経緯について詳しく知っている人は少ない。しかし歴史好きの七郎は、インターネットのサイトで平岡について色々な知識を得ていた。その結果、南会津のジャガイモ作りのことを知り、会津に生まれ育った七郎としては、平岡に好意を持たずにはいられなかったのである。

平岡は感慨深い表情を満面に浮かべ、七郎に久しぶりの挨拶をした。

「殿、お久しぶりでございます。お別れして二年以上になります。ご健勝の様子、安心いたしました」

平岡にとっては久しぶりであっても、七郎にとっては初対面である。そのため、七郎はどのように言葉を返したらいいのか、内心困ってしまった。

「円四郎さん。長いこと苦労を掛けました。変りはないですか」

しばらく会わないでいるうちに、慶喜は口調が変わってしまったようだと平岡は感じた。

その時、側に控える中根が即言葉を挟んだ。

「殿は先刻、不注意で頭を地面に強く打ち付けられた。その時以来、記憶の一部が消失し、また言葉や行動にも障害が見られるのです。だいぶ回復しましたが全快にはもう少し時間がかかるかと」

「そうでございましたか。これからは何卒ご注意の程を」

「はい。分かりました。ところで円四郎さんはどうして帰ることができたのですか。幕府から何か沙汰がありましたか」

平岡はきまり悪そうに返答した。

「実は、井伊が殺されたという一報が入って以来、甲府では私に対する束縛というものが全くなくなりました。どこへ行くのも自由になったというだけでなく、小普請としての役割も消えてしまい、要するにやることが無くなったのでございます。簡単に言えば居場所が無くなったから帰ってきた次第でございますよ」

平岡は一橋家の用人には違いないが、旗本でも御家人でもない。それにもかかわらず、幕府から何の沙汰もないうちに勝手に元の場所へ戻るとは、全く幕府も舐められたものである。七郎が在籍する高校でも、停学中に勝手な行動をとる生徒はあまり例を見ない。

「ところで、実はここにおられる中根殿から聞いたのですが、殿は桜田門付近で井伊が殺されることを予見しておったとか。それは、まことにございますか」

七郎は返答に窮した。確かに知っていたことは間違いない。だからと言って真実を話せるわけがない。それに、たとえ真実を語ったところで信じられるわけもない。取り敢えずはここも適当に誤魔化すほかはなかった。

「いや、予見などできるわけがないでしょう。何となく胸騒ぎがしましてね。赤穂浪士が吉良邸に討ち入った事件や二・二六事件など、東京に大事件が起きるときは必ず雪が降っていたからですよ」

平岡は、何をどう解釈すればよいのか理解に苦しんだが、すぐに側にいる中根が口を挟んだ。

「円四郎。毎日この調子で一日に数回、殿の口から意味不明の言葉が出るのだよ。頭が完治するまで余計な詮索をせず、もう少し辛抱して話を合わせておいてほしい」

七郎は言ってから気が付いた。ここは江戸であって東京ではない。元禄赤穂事件は今から百年以上前の出来事であるから問題はなかった。しかし二・二六事件は昭和に起きる事件である。この時代の人間が聞いても意味不明であることは当然のことである。七郎は、しまったと思ったが中根がタイミングよく話を収めてくれたおかげで助かったと思った。

「ところで円四郎さん、後ろに控える若者は誰ですか」

平岡は若者に少し前に出るように指示してから説明を始めた。

「この者は尊王攘夷の塊のような男でして、攘夷を実行するなら一橋慶喜公の下でと私のところへ願い出てきたのでございます。先刻は高崎城を乗っ取って、更にその勢いを持って江戸へ攻め込もうなどという無謀な計画を立てていたため、ひとまず私のところで預かり、頃合いを見て殿に推挙しようかと考えておったところです。武蔵国血洗島出身で名を渋沢栄次郎と申します」

若者は深々と頭を下げた。七郎はその名をよく知っている。明治になってから実業家として成功を収め、名を渋沢栄一と名乗る男だった。最近では大型時代劇の主人公として取り上げられ、確か二年後には、その肖像が福沢諭吉に替え一万円札に印刷されるはずである。徳川慶喜は明治以降、水戸や静岡で謹慎し、ひっそりと過ごした。その間、徳川の関係者とは一切の関係を断ち切り、誰が訪ねて来ようと面会の申し出は全て拒否したという。それは新政府より謀反など、あらぬ疑いを掛けられることのないよう、一生涯に渡り注意を払い続けていたからだという。その中で、唯一親交あったのが渋沢栄一であると言われている。そして渋沢栄一は徳川の名誉を少しでも回復しようとして、巨額を投じ徳川慶喜の伝記を編纂したそうだ。それは、明治維新時における旧主徳川慶喜の真意を後世に残したいという強い思いから起こした行動であり、全八巻に及ぶ「徳川慶喜公伝」は渋沢栄一が二十五年という長い時間をかけて編纂したものである。残念ながら、その資料や原稿は関東大震災でそのほとんどが失われ、断片的にしか残っていない。その渋沢が目の前にいるのだ。

七郎は言葉に注意しながら話しかけることにした。そもそも七郎には尊王攘夷などという思想はかけらも持っていない。攘夷派の人間の前では、下手に外国人を擁護したり開口論を口にしたりすれば殺されかねないからである。

「渋沢君か。初めてお目に掛かる。今度ゆっくり話をしよう。是非一橋家の家臣の一人として」

渋沢は笑顔を浮かべた。本来であるなら、養蚕農家の人間が御三卿の当主に謁見するなどあり得ないのである。だが、今ここで一橋慶喜から直に声を掛けられたのである。しかも、一橋家に仕えることを遠回しに許している。嬉しくないはずがなかった。

七郎は思い切って円四郎に尋ねてみた。

「ところで円四郎さん。原市之進という人を知りませんか」

「市之進殿を覚えておられましたか。市之進殿は今も水戸にご健在です。水戸の藩校である弘道館で訓導を勤めておりますが、筋金入りの攘夷派であり水戸でも手を焼いているとかいう話です。水戸の武田耕雲斎殿にでもお願いすれば早速お呼びできますが。」

七郎は、またそっち系の人間だと聞かされウンザリした。この時代の一種の流行病のようなものなのだろう。攘夷などもう少し経てば無謀で馬鹿馬鹿しいことに誰もが気づくことではあるのだが。だが、原市之進という人物は徳川慶喜の参謀的な存在であり、円四郎同様に側近の一人としてなくてはならない人間のはずである。出来得ることなら是非近くに置いておきたい、七郎はそう考えていた。

「市之進さんのこと、お願いいたします」

「承知仕りました。それから殿。殿は頭を強打してからずっと言行にも障害が発しているとのこと、それは仕様がございません。ですが、私に対する敬語は不要です。いつものように平四郎とお呼びください。ここにいる渋沢、また市之進殿に対しても同様です。そうでないと家中の者たちに対しても示しがつきません」

確かに平岡の言う通りであった。七郎にもそれはわかっているのであるが、封建時代における主従関係など七郎には経験がない。陸上部でも七郎は後輩の面倒はよく見た方だが、決して威張り散らしたり下級生をこき使ったりしたことはしなかった。したがって、この主従関係の件に関しては、少しずつ慣れていくほかはないと七郎は考えていた。

旧暦三月を過ぎると次第に春の日差しが目立つようになり、江戸の町も活気が出てきた。朝晩は冷えるが日中は全く寒さを感じない日々が続いていた。一橋邸の庭の木々も蕾が膨らみ、開花時期を今日明日にでも待ちわびているようであった。

七郎は縁側に出て目の前の植木を眺めていた。そこへ中根長十郎が、周囲を気にしながら七郎に近づいてきた。そして家中にいる誰にも聞こえない程度の低い声で、七郎に囁いた。

「殿。もう遠慮せずともよろしいのではないかと。幕府の監視の目も屋敷内までは及びませせぬ。家中に井伊に通じている者がいるのではないかと懸念いたしましたが、それも心配はいりませせぬ。十分確認いたしました」

七郎は中根の言っている意味が分からず質問した。

「一体、何の話か」

「奥方様がお待ちでございますよ」

奥方様とは奥さん、つまり妻のことだ。ということは俺、すなわち一橋慶喜は結婚しているということだ。七郎は、明治になってからの慶喜は静岡で悠々自適な生活をしていたことは知っている。そこでも複数の妾を抱えており、実父の徳川斉昭と変わらないほど子を成したことは有名な話である。しかし、江戸幕府が倒れる大政奉還まではまだ十年以上ある。その前に慶喜に妻子があっても、全く不思議はない。当然あり得る話ではあるが、それが自分のこととなると話は別である。七郎にとって、それこそ経験のないことである。一体ここはどう行動すればよいのだろうか。平岡円四郎を呼んでアドバイスをもらいたいところであるが、それもできるわけがない。この件もなるように任せる他はなかった。七郎は中根に尋ねた。

「あのう、それで俺の奥さんは誰だっけ？　いや、そのう、名前は？それと出身はどこでしたっけね。時間が経ち過ぎて忘れてしまいましたよ。先日は頭も打ったし。あははは」

七郎は、取り敢えず中根の前では惚けてみせた。

「奥様は美香子様です。今出川公久様のご息女でございます」

「それで、俺と美香子さんの間に子供はいるんですか」

「先年、姫様が誕生いたしました。しかし、産後の日達が悪く七日後に亡くなられました。あの時の美香子様の落ち込みようは見ていることができませんでした。是非、お慰めくださいますよう、中根からもお願い申し上げます。殿の優しさが今こそ必要な時かと思います」

歴史好きの七郎も初めて知ることであった。そのような女性のために、できることならば力になってやりたかった。しかし、自分がその女性に対して何ができるのか、全く見当がつかない。だからと言って、このまま無視しているわけにもいかないだろう。

「あの、美香子さんを俺の部屋へ通してください」

「承知しました」

七郎は、薄暗い部屋に少しでも光が入るよう、襖や障子を半開きにして待っていた。春とはいえ気温は低く寒い。これ以上、障子戸を開放すると外からの風が冷たかった。

七郎は、どんな女性が現れるのかドキドキしながら待った。最初に何と声を掛ければよいのかも分からないが、間違っても初めましてなどとは言わないよう、心に命じていた。

襖が開く。女性は、顔を伏せた状態を保持したまま、そっと部屋へ足を踏み入れた。七郎に近づき顔を上げると、七郎の顔をじっと見つめた。久しぶりに懐かしいものを見た目つきである。どういう経緯で二人が知り合ったのかはわからない。しかし想像はつく。令和の時代のように二人が恋愛をしたとは到底思われない。時の権力者が先の時代を目論んで、無理やり慶喜にこの女性を娶らせたことは明らかである。いわゆる政略結婚というやつだ。

とにかく、ここは七郎から言葉を発するほかなかった。

「今まで長い間いろいろありましたが、やっと少しは自由な暮らしができそうですよ。美香子さんは変わりないですか。困ったことがあれば言ってください」

美香子は、何か様子が違うという違和感があったが、目の前にいるのは一橋慶喜に間違いないという確信から、素直に返答することにした。

「はい。私のことより慶喜様こそ、ご苦労をなされたはずでございます。今日は、ご健勝でなによりでございます」

美香子は小さな声で答えた。しかし、美香子の知る慶喜は、父親譲りの好色家であり、これまでも謹慎中にかかわらず美香子を部屋に呼びつけ体を要求していたのだった。それが今日の慶喜には微塵も感じられない。頭部を強打し、後遺症が残っていることを中根から聞いてはいたが、美香子には慶喜という人間が変わってしまったかのように思える違和感を生じた。七郎は、これまでの二人の夫婦生活について知るはずもない。謹慎中は夫婦の会話すら禁じられていたと聞く。ということは、今日が久しぶりの二人の会話のはずである。七郎はそう解釈していた。そして、慶喜にはこんな控えめで大人しい妻がいるにも関わらず、フーゾク通いを繰り返していたのか、そう思うと七郎は内心憤慨した。

七郎は、次に何を話していいのか思い浮かばない。女性に会話をリードさせたのでは男として情けないのではないか。そう思い、何かを話そうとした。

「俺、実は先日不注意で転んで頭を打ってしまい、その日から少し変なんです。だいぶ良くはなってきましたが、まだ少し自分でもよく分からないことが時々あって」

「転倒したことは聞いておりますよ。これからはお気をつけあそばせますよう」

七郎は、美香子に何かプレゼントしたいと思い、持って来たリュックの中を探ってみた。大したものは入っていないし、電卓やスマホを見せた手も何も説明できがない。リュックの中に先日の化学実験で作った石鹸が入っていた。七郎は、これを渡せばこの場を和ませ、手にした美香子に喜んでもらえるかもしれないと、仄かな期待をした。

「美香子さんにこれを差し上げますよ。石鹸というのです。手足や顔、体の汚れを落とす薬だと思ってください」

「水で洗っただけではだめなのですか？」

「それでも汚れはある程度落ちますよ。でも夏の暑い日など脂汗で汚れた体はベトベトして厭でしょう。これを水で濡らして使えば、脂汚れを奇麗さっぱりしてくれますよ」

七郎が作った石鹸は二つある。白と薄いピンク色をしていた。色は着色剤を使ったが、二個とも香料を加えていたため、いい臭いがする。美香子は、二つの石鹸の色と香りを気に入ったらしい。美香子はさっそく、石鹸を水で濡らして手のひらを擦ってみた。白い泡が立ち手にこびりついた小さな汚れが見る見るうちに消え去るのを見た。美香子は驚かずにはいられなかった。こんな素晴らしいものを二つとも頂戴していいのかと思った。同時に慶喜はどこでこれを手に入れたのだろうという疑問も感じずにはいられなかった。

「実はこれ、俺が作ったんだ」

「これを慶喜様がお作りになった。そのようなことができるのでございますか。一体どのようにして」

急に製法を問われても七郎には答えようがない。説明したところで埒が明かないのは承知であるが、誤魔化すわけにもいかなかった。

七郎は手元に実験の説明書がないため、実験の時の教師の説明を思い起こした。確か原料となる油脂は椰子油を使用したはずだった。椰子油を得るためのココヤシは日本には生息していない。油脂というのは脂肪酸とグリセリンのエステルである。その代わりに、油商が扱う植物性油でも製造可能であろうか。しかし、もう一つの重要な原料である水酸化ナトリウムは手に入らない。水酸化ナトリウムというアルカリ性薬品は別名苛性ソーダとも言い、食塩水を電気分解することにより作ることは可能である。しかし、この時代にはまだ電気がない。ヨーロッパでは産業革命の頃から水酸化ナトリウムの大量生産が行われており、オリーブ油と水酸化ナトリウムの化学反応を利用して石鹸の製造が行われていた。しかし、日本に最初の石鹸製造所が開設されるのは明治六年のことである。

七郎は美香子に何とか理解できるようにと、できるだけ単純明快に説明を始めた。

「石鹸というのは油とアルカリという薬から製造するのです。この両者を時間かけて煮込むんです。この時に起こる反応をケン化反応と呼びます。そしたらこの液体に塩を加えます。そうすると石鹸の塊が水面に浮かんでくるんです。豆腐を作るときに、熱くした大豆の搾り汁に、にがりというものを加えるでしょう。そうすると豆腐が浮かんでくるのと同じ原理ですよ。これを塩析と呼びます」

美香子は七郎の話に興味を持ったのか、真剣な眼差しで聞いていた。

「ちょっと難しくて私にはすぐには理解できません。でも豆腐なら京に住んでいたころ、たくさん食べましたわ。豆腐ってそのようにして作るのですか。初めて知りました」

美香子は、慶喜の正室になる前は公卿今出川公久の娘である。生まれた時から皇室においで生活していたのであるから、料理や食べ物の知識などあるわけがない。そんな女性に余計な話をして、自分の無知さを自覚させてしまったのではないかと思い、七郎は説明の仕方がまずかったと悔やんでしまった。

「苛性ソーダというお薬はどこで手に入れるのですか？」

美香子からまた面倒な質問が返ってきた。

「どう説明すればいいのか、俺としても困っています。簡単に言えば、今の日本では作れません。でも、もう少しすると日本にも電気というものが西洋から伝わってきます。また、あと二十年もすると屋井先蔵という人が現れて、日本人初の乾電池というものを発明するのです。そうしたら、こういう装置を組み立ててみなさい」

七郎はリュックの中から、レポート用紙と筆記用具を取り出した。容器の中に食塩水を入れ電流を流すこと、電気にはプラスとマイナスがあるため、それを伝えるための細い金属線が必要であること、できた苛性ソーダの危険性などを説明し、さらにレポート用紙に電気分解の装置図を書き込んだ。

美香子は、今まで以上に興味を示し、レポート用紙をじっと眺め、七郎が書いた説明文を食い入るように読み続けている。もし、この女性が百年後の日本に生まれたのであれば、リケジョと呼ばれて活躍していたかもしれない。七郎はそんな感想を持って美香子の様子を眺めていた。

「それにしても、このような薄い紙と細い筆、私は初めて目にしました。一体どこからこれを」

「まあ、あまり深く詮索しないでください。そのうち分かりますから。この筆は鉛筆と言いますが、西洋ではペンスルと呼びます。もし間違って書いてもこうすれば消して書き直すことも可能です」

七郎は消しゴムの使い方を教えた。その鮮やかな変化に美香子は驚くとともに、西洋の進んだ技術を目の当たりにし、大いに興味関心を高めたのである。自然界の現象に関心を持つこの性格は明らかに理系の女性、すなわちリケジョに違いなかった。

七郎はリュックの中からスマホを取り出した。電源はオフのままにしておいたが、時間とともに放電は起きる。バッテリー残量がゼロになるのも、もうすぐであった。スイッチをオンにしたところ、まだ幾分バッテリーには残量があった。薄暗く寒い部屋の中で、二人は布団の上に座っている。その状態で七郎は撮影をしようとした。

「美香子さん。少し笑ってください。またはチーズと言ってください」

美香子には何のことかわからないが少しだけ笑顔を見せた。七郎はその瞬間を見逃すことなくシャッターを切った。いきなりストロボの閃光が走る。美香子は驚いて小さな声を出した。七郎は、無事撮影できたのを確認するとスマホの待ち受け画面にセットした。よく撮れている。もしかすると日本人初の女性被写体は美香子かもしれない。少なくともカラー写真に写るのは他に例がないであろう。

七郎は、いくら何でも、この画像を本人に見せることは問題だと思った。後になって、どんな問題に巻き込まれるか分かったものではない。七郎はそう思い、そっとリュックの中にしまい込んだ。そして、これを自分一人の宝物として大切に保存しておこうと、七郎は心に決めたのであった。

こうして七郎にとっての最初の結婚の夜は、何事もなく終わったのである。

　ようやく冬が去り、春が近づくと気温が上がり寒さも和らいでくる。慶喜が生まれた水戸では、徳川斉昭が天保年間に開設したという水戸偕楽園の梅の花が終わりを告げる。ここには約三千本の梅が植えられており、現代でもそれは変わらない。しかしながら七郎は、水戸の梅についての話は聞いたことはあるが、水戸という場所に行ったことはない。茨城県の県庁所在地であり、おおよその場所はわかる。その程度の知識である。その水戸から七郎のところへ人が送られてきた。

　一橋家というのは大名ではないため家臣というものが少ない。ましてや戦でも始まれば兵を持っていない。そのため平岡円四郎が水戸藩に手を回し、これからのために人材派遣を要請していたのである。水戸藩家老の武田耕雲斎は、将来の日本のために慶喜のもとへ有能な人材を送ることは肝要と考え、快く申し出を承諾した。耕雲斎は人材を厳選し、原市之進を筆頭に八名の精鋭を一橋家へ推挙してくれた。原市之進は、その後、慶喜の謀臣として大いに活躍することになる。

　七郎は、平岡円四郎と並ぶ原市之進の名は知っている。だが会うのは初めてである。しかし、実際の一橋慶喜にとってはどうなのか、もしかすると慶喜が水戸にいるときに二人は会っており、面識があるかもしれない。ここは相手の出方を見て対応するしかなかった。

応対は広間で行われた。平岡と渋沢が市之進を連れて七郎を待っている。市之進は七郎が着座する前に声を発した。

「七郎殿、変わりはないですか。最後に会ったのは七郎殿が十歳の時でございました。一橋家に入られて何年も過ぎます。お懐かしく存じ上げます」

七郎は久しぶりに「七郎」と声をかけられ一瞬途惑ってしまった。しかし、自分の本名を呼ばれたことは実に嬉しい限りである。徳川慶喜の元服前の幼名は七郎麿である。水戸では幼少時の慶喜を七郎と呼んでいたのであろう。対面時に危惧していたことの一つはこれで消え去った。しかし、まだ安心するのは早い。原市之進という人物は筋金入りの攘夷家である。この人物こそ言葉に気を付けなければ何があるか分からない。また、先日平岡に言われたように、身分の上下を踏まえて、家臣に対する言葉遣いも考えなければならなかった。

「市之進。よく来てくれた。まるで百万の味方を得たような思いがする。まだ俺は謹慎中の身で自由に動き回ることはできない。時が来れば、また何かと面倒を掛けることになるかもしれない。その際はよろしくお願いする」

「お任せください。その件、武田耕雲斎殿からもきつく申し渡されて参りました。殿の手足となって働きます。ご安心の程を」

七郎は、平岡との最初も対面の時もそうであったが、緊張で背中に冷汗をかいていた。この緊張から一刻も早く解放されたい一心で、応対はこの辺で終わりにして一休みしたい気持ちで一杯であった。七郎は、話の続きを後日に持ち越すための方策を考えていた。

そんな七郎の気持ちを察することなく、市之進は言葉を続けた。

「ところで、大老井伊直弼が死に世の中は再び攘夷の嵐が吹き荒れることとなりましょう。先年、殿は井伊に外国との条約について詰問したと聞き及んでおります。今もその時と考えは変わっておりませんか」

七郎にとって、ここは返答に注意を要する場面である。相手は家臣とはいえ、尊王攘夷の塊のような人間である。言い方を間違えれば、頭と胴体が切り離されることもあり得るからである。

「うん。まあ考えは攘夷そのままだ。ただし、問題は攘夷のやり方だ」

市之進だけではなく平岡と渋沢も耳を傾けた。桜田門外の変も後、初めて聞く慶喜の攘夷論である。

攘夷《じょうい》とは、もともと中国の言葉であり、夷狄（外国人）を追い払い、我が国独自の文化を守ろうとする思想である。尊王とは、その文字が示す通り天皇を王とみなし、それを敬う考え方である。この時代、尊王と攘夷、このカテゴリーの全く異なる二文字が結合し「尊王攘夷」という上下二文字に脈絡のない四字熟語が誕生した。外国人からすれば、実に翻訳するのに苦労する語である。だが、日本においては、この思想が正義の思想として国中に蔓延していた。

日本史に詳しい七郎は、この時代の尊王攘夷の武士たちの躍動は熟知していた。尊攘派の人間と接する場合は、その人間に考え方を合わせなければ命の危険性があることも分かっている。また、明治維新後の日本を知る七郎は、攘夷などこの時代に流行った伝染病みたいなものであることも知っている。実際、攘夷を叫んで幕府を倒し明治政府を立ち上げた輩の大半が、維新後は諸外国と積極的に交流を図っているのだ。変節漢としか言いようがない。それは別として、七郎にとって、今の徳川家に繋がる家臣達が攘夷の塊では話にならない。七郎は、この者達を焦らずに少しずつ介入していくしかないと考えた。

「尊王攘夷の浪士どもは異人を斬り殺すことが攘夷だと思っているだろう。だとすれば、この地球上に異人は一体何人いると思っているんだ。全員殺すのに何年かかる。刀は何本いる。俺の考える攘夷は、異人を叩き斬る前にやることがある」

確かにその通りである。今現在、日本に上陸している異人の数は百や二百ではない。その一部を斬るだけでも、相当な人数と時間が要るのは確かだ。

「ところで、諸君ら三人は黒船を見たか。あの船がアメリカのノーフォークという港を出港し大西洋、インド洋を移動し、香港、上海、琉球を経由し、八か月かけて浦賀へ到着したのだ。距離にして約一万里、江戸と京都の間を五十往復する距離だ。風で進む帆船でなければ櫂で漕ぐ船でもない。真っ黒い煙を吐き出すことで船が前へ進む、この仕組みはどうなっているのか知りたいとは思わないか。船だけではない。アメリカやイギリスには煙を吐いて地上を走る乗り物も存在するのだぞ。もし、これが日本にあれば大八車を引く必要もないし駕籠も不要だ」

渋沢は、その噂を聞いたことがある。来日した異人が、幕府に煙を吐いて前進する乗り物を献上したという話だった。確か蒸気機関車という名の乗り物であった。

七郎は話を続けた。

「あれはイギリスのスチーブンソンという人物が蒸気機関という装置を発明し、それを乗り物に応用したものだ。乗り物だけじゃない。戦争するための武器もそうだ。刀槍など足下にも及ばぬ銃がある」

そこへ市之進が言葉を挟んだ。

「鉄砲なら我が国にもございますぞ」

「火縄銃では戦にならん。一発撃って銃身の中の燃えカスを取り除く掃除をし、さらに新しい弾と火薬を詰めて棒で押し込む。ここまで、どれだけの時間がかかっているのか。その間に、二町先にいる敵が目の前に迫ることは皆も知っていることだろう。織田信長は、それを克服するために長篠の戦で三段構えの鉄砲隊配置をしたというのだが、それでは効率が悪すぎる」

七郎はリュックの中からレポート用紙と筆記用具を取り出し、西洋の銃の仕組みを図示して解説し始めた。薬莢の中に仕込んだ火薬を炸裂することにより先端にある椎の身型の弾丸が発射されること、この銃は引き金を引くだけで七連発発射できること、さらに、火縄銃の有効射程距離が百メートル以下であることに対し、西洋の新式銃は五百メートル以上あることなどを休みなしに話し続けた。

「これだけは分かってほしい。日本は二百年もの長きにわたり鎖国をしていたため、世界から取り残されてしまっている。だが今からでも遅くはない。西洋から優れたものをどんどん奪い取り、知識と技術を広げていくのだ。日本人なら西洋から学んだ知識を元に更にもっと優れたものを作り出すことができる、俺はそう信じている。例えばペリーが乗ってきた黒船の仕組みを知れば、頭のいい日本人は同じものを作ることができる。それだけではない。黒船以上の大きさと速さで走る船を発明する日本人が将来必ず登場するだろう。日本人とはそういう人種なのだ。世界の上を行く日本を作る。異人を叩き斬るのはそれからでも遅くはないだろう」

平岡ら三人は七郎の能弁さに圧倒された感がなかったわけではない。しかし、いちいち納得できる点も多い。知らず知らずのうちに七郎の話に取り込まれていたことも事実である。更に七郎は話を続けた。

「日本には資源が少ない。ほとんどないと言っても過言ではない。鉄や銅、アルミニウムのような金属は今後輸入に頼るほかないのである。だが日本は輸入した原料を元にして様々な製品を作り出し、それを諸外国へ輸出して金儲けをする。これを加工貿易と言う。日本という国は『ものづくり』の国だ。物を作る技術を要する日本人が、その隠れた能力を発揮しないで今後どうするつもりか。異人を斬って日本人らしさを保つことが攘夷だと思っている連中に俺は言ってやりたい。俺の攘夷はお前たちとはやり方が違うとな」

平岡が七郎に質問した。

「このような薄い紙、細い筆は初めて目にしました。一体どこから」

七郎は美香子に説明した時と同様の内容を説明した。特に、墨を摺ることなく文字を書くことができる筆に便利さを実感した。更に、消しゴムで文字の修正が可能であることに、三人は改めて驚いた。全てが日本に先駆ける西洋の進んだ技術である。

この日を境にして、平岡ら三人は、攘夷というものについて、考えを改め始めるようになっていた。

最後に七郎は言った。

「市之進。さっきのように俺のことを慶喜ではなく七郎と呼んで一向に構わないぞ」

そう言うと七郎は立ち上がり自室へ戻って行った。

一橋家を継承した慶喜は水戸から江戸へ来て以来、一橋家の家臣、旗本や大名以外にも接していた人物が多数いた。いわば慶喜の人脈の広さである。この日、その一人が一橋邸を訪ねてきた。先方は慶喜に再会できる日を、一日千秋の思いで胸に待ちわびでいるようであった。しかし、今回も七郎にとっては当然初対面である。ここまでくると七郎も、初めて対面を久しぶりの再会のごとく演じる技を身に着けていた。自然に身に着いたと言った方が適当かもしれない。対面する場所へは念のため、平岡円四郎と原市之進の二人を伴った。

七郎が着座すると、目の前には目つきの鋭いヤクザのような男が座っている。武士ではないように思えるが、ただの町人にしては余りにも堂々としている。

「慶喜さん。辰五郎でございます。お久しぶりにございます」

七郎はその名を思い出した。徳川慶喜が登場する時代劇には大抵出てくる侠客新門辰五郎、江戸の火消しの組頭である。テレビや小説の内容が史実であるなら、町人でありながら慶喜にとって、最大の協力者であるはずだ。七郎は頼もしい味方を得た思いがして感激した。

「辰五郎。よく訪ねてきてくれた。本当にすまない。長い間、心配かけた。元気にしてたか。また火消しの皆は息災であるか」

「なあに、こっちは江戸っ子でございますよ。皆元気溌剌としておりやす。最近、江戸には火事がなく暇を持て余しておりやしたが、幕府が洋式軍隊を編成するとかで隊員を募っておりやしたので、うちの組から選りすぐりの精鋭を八十人ほど送り込んで、毎日厳しい訓練に励んでおるところですよ」

幕府は今後の西洋列強に対する備えを強化し、陸軍および海軍の編成と増強を目論んでいた。陸軍については洋式銃を大量購入し、フランス軍人を指導者に招き、銃の扱い方はもとより隊列の組方や攻撃方法、様々な軍隊の知識を学ばせていたのである。ところが、その中心となるべき旗本や御家人ら幕臣たちが全くやる気がない。最初は嫌々ながらも参加してはいたものの、厳しい訓練に嫌気がさし数日後にはほとんどの者が逃げ帰ってしまったのである。幕府から俸禄を頂戴している幕臣がこの様である。徳川も先が見えたと思われても仕方がない。訓練を続けているのは、募集に応じて集まった浪人や行き場のない無頼漢、新門辰五郎の配下の火消し達である。特に辰五郎配下の者達は見事な訓練成果をあげていた。辰五郎は、いずれ慶喜が必ず世の中の表舞台に立つことを信じ、その時にこそ慶喜のために働こうと、率先して部下を幕府陸軍へ送り込んでいたのである。幕臣は旗本八万期などと言われているが、実際にはその半分もいないと噂されている。しかもそのほとんどが戦力としては役に立たないのが実態であった。それに対し、辰五郎配下の火消しの一団は、幕府陸軍の一翼を担うまでに成長していた。現代に例えるのであれば、防衛省より消防庁のほうが強力な軍隊を有しているのであるから傑作な話である。

七郎は、辰五郎の心遣いに深謝した。

「積もる話もあるのだが、何せこの身は未だ謹慎中であることは事実だ。幕府の監視の目もある。謹慎が明けたら今度ゆっくり酒でも飲んで話をしよう」

「わかりやした。それと慶喜さん。お芳のこともよろしく頼みますよ」

「お芳とは？」

「何を惚けているんでございますか。あっしの一人娘ですよ。慶喜さんに毎晩のように可愛がっていただいたでしょう。忘れてもらっては困りますよ。いまでもお芳は慶喜さんにぞっこんですからね」

慶喜の好色さが招いた副産物である。七郎としては、先日美香子と会話を交わしただけで心臓はドキドキだったのである。そんな折に、更に新たな女が出てきたのでは堪ったものではない。七郎は返答に窮した。

側に控える平岡が間を置かずに口を挟んだ。平岡は辰五郎に、慶喜が先刻、塀から転落して頭を強打し、まだその際の後遺症が残っていることを説明した

「なるほど、左様でございましたか。どことなく慶喜さんの言葉の端々が二年前と少し変わっており少し違和感をもっておりました。ですが、これで納得いたしました」

新五郎はその後、多くの場面で慶喜の手足となって働き、徳川幕府滅亡後も慶喜の側を離れず、慶喜が謹慎した江戸、水戸、静岡と移動し、老いて体の自由が利かなくなるまで慶喜に従ったのである。

五　将軍後見職

安政七年は年号が変わり万延元年となった。その頃、水戸では蟄居中の徳川斉昭が病死し、一橋家へも連絡が届いた。一橋慶喜の実父であるが、七郎にとっては赤の他人である。悲しいはずもないが喜んでいるわけにもいかない。香典等については全て家臣たちに任せ、七郎は自信が謹慎中であることを理由に、水戸へ下ろうという意思は示さなかった。

この年の九月、幕府より一橋慶喜の謹慎新解除の報が入った。一橋慶喜を将軍に擁立するため奔走した大名、井伊直弼に詰問するため押し掛け登城した面々がそろって謹慎を解除されたのである。越前の松平春嶽、土佐の山内容堂、尾張の徳川義篤らである。ここに、平岡ら一橋家の人間は勇躍した。

七郎としては、桜田門外の変後の謹慎生活は決して苦痛ではなかった。別に束縛されるわけでもなく、ある程度の自由があり三食食べられる。ましてや特に労働することもなく疲れることもない。七郎は、もう少しこのままでも構わないとさえ思っていた。しかし、時代は七郎こと、徳川慶喜に悠々自適な生活を与えることはしなかったのである。

謹慎が明けるとすぐに、松平春嶽には政治総裁職、慶喜には将軍後見職という役職を幕府から押し付けられた。七郎には、将軍後見職というのは具体的に何をするのか、よく分からない。だが役職の名称からして将軍の協力、後押しをするのであろうことは想像がつく。実際に将軍職というのは、将軍が幼少であるか、よほど役に立たない人間が将軍になった時に、臨時に設けられる役職であった。

今まで謹慎中であった身が与えられた役職を辞退するのは気が引ける。七郎は引き受けることはやむを得ないと考えた。しかし、幕府内部のことは何も分からない。それに関しては、平岡や市之進に頼るほかなかった。松平春嶽は政治総裁職を固辞した。特に家臣らが猛反対した。理由は政治総裁職という職の位置づけである。この職は老中の上、すなわち大老に相当する職であり、本来であれば譜代大名が担当する部署であり、親藩筆頭の越前三十二万石が受け入れる役目ではないのである。家臣によっては越前藩に対する侮辱だと喚きたてる者もいた。要するに面子である。七郎は、面子や建前、伝統や前例、年功序列などを重視する企業は大抵長持ちせずに潰れるということを聞いていた。戦国時代においても、織田信長が天下取りに躍進できたのは、豊臣秀吉のような有能な人間ならたとえ百姓でも取り立てたからである。七郎は、松平春嶽には面子に拘るよりも、時勢に対応させるべきだと考え、春嶽を説得した。その結果、春嶽は七郎が後見職に就いたことを知り、自身も政治総裁職を引き受けたのである。

七郎が知る松平春嶽という越前藩主は、後世においても名君で通っている。たとえば、この時代に日本では天然痘が蔓延し、多くの人民が亡くなった。天然痘に感染した場合、令和におけるコロナ禍どころの騒ぎではない。体中に疱瘡の斑点ができそこから膿が溢れ出る。そして高熱を発し苦しみ悶えながら死んでいくのである。そして、たとえ治癒したとしても全身に斑点が残り人前に出ることのできない顔になってしまうのであった。

西洋には天然痘を防ぐために種痘という技術が生まれていた。長崎へ種痘という技術が伝えられていたのであるが、それは何せ牛の身体に天然痘の苗を植え付け、それを人間に移植するというのである。現代人から見れば立派な免疫療法ではあるが、当時の日本人にとっては牛の病原体を人間に植え付けるなど、とんでもない話であった。誰もその話を信じようとはしない。越前の福井の城下町にも天然痘が流行してきた際、春嶽は自らも種痘を行い藩内に種痘を奨励し、福井の町を天然痘から救ったという話を、七郎は小説で読んで知っていた。七郎は、それが事実であるならば、春嶽という男はもう少し時代の流れに対して柔軟に対応できそうな人物ではないのかと思った。

万年元年の翌年、年号は文久と改められた。この年、公武合体を掲げる幕府と公家の間で計画され、皇女和宮が将軍家茂に輿入れした。それに反対する輩により、老中安藤信正が襲われた。坂下門外の変である。桜田門外の時のように殺されはしなかったものの、負傷したことによりこの事件を境にして安藤信正は失脚した。安藤は、七郎と同じ福島県の平藩主である。

5月に七郎は江戸城へ登城し、初めて将軍徳川家茂に面会した。十三歳で将軍に祭り上げられた将軍とはどんな男なのだろうと思った。今の年齢は七郎と大差ないはずである。七郎の時代では、安倍晋三が戦後最年少で総理大臣になったと言われたが、それでも安倍が五十二歳のことである。日本のトップが十三歳というのは今の時代なら考えられない。

七郎は、江戸城内で将軍の顔を見た。色白の優男で女にはもてそうな顔つきをしている。諸外国の要求と攘夷家の板挟みになるだけでなく、更にそこへ朝廷が横槍を入れてくる。そんな前途多難なこの時代を、このヘナヘナ男が対処できるとは到底思われなかった。井伊直弼は、目の前にいるどうでもいい男を自分の思うままに誘導し、政治の実権を握ろうとしていたのだ。だが、その肝心の井伊は既にこの世にはいない。その井伊の代わりを幕府は七郎にやらせようとしているのである。七郎にとっては、ただの貧乏くじである。だが身内にも七郎を次期将軍に推す者たちがいた。七郎は気付いていないが、家臣の平岡と市之進は、これからの日本を潰さないためには我が主君慶喜に委ねる他はないと確信しているのである。

家茂との初めての対面は何事もなく短時間で終了した。また、春嶽も登城し家茂との対面を果たしている。平岡の話では、慶喜と春嶽は、これまでに複数回顔を合わせたことがあり、二年前には春嶽が一橋邸へ来たこともあるらしい。しかし、七郎は春嶽の顔を今日初めて見た。馬面である。今日は春嶽の顔を見ただけであり、会話はなかった。名君と呼ばれる大名と言葉を交わしてみたかったところであるが、それは次回に持ち越しとなった。

この年、京の都は不逞浪士の暗逆により無法地帯となっていた。攘夷を叫ぶ浪士による押し込み強盗と変わらぬ現金調達、更には天誅と称して公武合体派や開明派の武士や公家が次々と殺され、その死骸が道端に晒された。京都の治安を守るのが京都所司代の役目だが、とても追いつくことができない。所司代に仕える目明しが殺され、さらにその目明しの妾までが天誅という名目で殺された。

幕府はその対策が迫られた。朝廷の孝明帝でさえ、このような都のあり様を望んではいない。そこで幕府内では老中らが集まって協議し、所司代のほかに京都守護職という要職を準備し、都の治安維持を強化することとなった。それに白羽の矢が当たったのが会津藩主松平容保である。会津の持つ強力な軍団と美しい武士道、そして徳川に対する忠誠こそが幕府にとって信頼のおける最大の存在であった。これには松平春嶽も賛成した。春嶽はさっそく就任要請に会津藩邸へ赴いたのであるが、松平容保はさすがに就任を固辞した。第一に、当時の会津藩は借金だらけであった。そのような財政的な理由もあるのだが、それ以上に火の中の栗を拾いに行くような役目を、誰も請け負いたいはずはなかったのである。春嶽は複数回、会津藩邸を訪れ執拗に説得した。最後には会津藩に伝わる『家訓』を持ちだした。『家訓』というのは藩祖保科正之が代々の藩主に言い残した守るべき事項である。保科正之は徳川宗家に対し厚恩を持っており、幕府に対しては全身全霊を持って仕え忠義を尽くすよう『家訓』には厳しく記されていたのである。したがって、徳川宗家の依頼に対し藩主はどうあっても拒否できない。幕閣や春嶽は、藩主のその弱みを突いてきたのである。実に汚い手である。それでも容保は断り続けた。会津藩の家臣一同も同様であった。

そこへもう一人、松平容保の京都守護職就任に反対する男が登場した。七郎である。容保は一橋邸へ呼ばれた。当然、守護職就任の打診であろうと容保は覚悟していた。春嶽も一橋邸へ来ていた。

「容保さん。この度の京都守護職の件だが、間違っても引き受けぬように。誰かほかの者にやらせればよい」

七郎のこの言葉は容保にとって意外であった。全く様相に反することを将軍後見職である慶喜が言っているのである。同様に春嶽も仰天した。

「何を仰せられる、慶喜殿。この役目は会津公以外に務まる者はおりませぬぞ。何が何でも引き受けてもらわねばなりませぬ」

「俺はそうは思わん。京都へ千人以上の兵を率いて行くとなれば莫大な出費、とても二十三万石の会津で賄い切れるものではない。仙台の伊達、加賀の前田、薩摩の島津のような五十万石の大大名に任せるべきだ」

七郎に具体案まで出されたが春嶽は引き下がらなかった。

「この仕事は外様に任せることはできませぬ」

「また幕府の見栄と面子か。要職は親藩か譜代で持つと言いたいのだろう。馬鹿馬鹿しい」

実際に佐賀の鍋島家では、京都守護職就任に名乗りを上げてきたのである。しかし幕府は、佐賀は外様大名だという理由で直ちに却下した。

「馬鹿馬鹿しいとは言葉が過ぎまするぞ。江戸開幕以来、二百年以上に渡りそれを踏襲してきたのです。今更前例のないことはできません」

七郎は少し頭に血が上ってきた。

「だからね。その前例とか伝統とかいうのは止めろと言っているんだよ。そんなことでは幕府も先が見えてきたと言うしかない」

「慶喜公は何故そこまで会津に守護職を任せることに対して反対されるか」

「守護職就任は財政面の問題だけではない。確実に攘夷派達を敵に回す。戦になれば悲惨な目に合うのは藩士だけではない。領民だって同じだ。藩主というのは『家訓』を守ることも大事だが、領民を守ることはもっと大事とは思わないか」

「慶喜殿。守護職に就任したからと言って戦になり領民が困窮するとは限りませんぞ」

「いや、必ず戦になる。そして会津は灰になる」

「何を根拠にそう言われる」

「そんなことはどうでもいい。俺には分かる。この役目を引き受けたことにより、会津の不幸が始まるのだ。春嶽さんは、『家訓』を盾にすればば容保は引き受けざるを得ない、それがわかっているから『家訓』を持ち出したのだろう。やり方が汚ねえぞ」

七郎は、ここで引き下がるつもりはなかった。会津が戦に負けるだけならまだいい。京都守護職をひきうけたばかりに、会津は尊王攘夷派の恨みを買い、言われのない賊軍の汚名を着せられるのである。そして明治以降もそれは続く。行政面では福島県庁は会津から最も離れた福島市に置かれた。教育関係においては旧制中学校の設立は会津が県内で最も遅かった。第二次世界大戦においては、会津若松歩兵第二十九連隊が激戦地ガダルカナル島へ送られ、ほぼ全員が島内で戦死または餓死をした。平成の東日本大震災の際は、津波による原発事故が発生する。しかし、会津は会津磐梯山が障壁となり放射線による被害はほとんどなかった。放射線量の増加は関東近県の東京、茨城、千葉県とほとんど変わらなかった。それにも関わらず、会津は福島県という理由だけにより放射線による危険な場所と判断され、観光客とそれに伴う観光収入は激減した。いわゆる風評被害である。このように会津は常に貧乏くじを引いている。占いの言葉を使うのであるなら、天中殺の典型である。会津の不幸の始まりは、百五十年前のこの時期にあったものとして疑わなかった。七郎は、そのような理由で、絶対に容保には京都守護職の役目を背負わせるわけには行かないのである。

結局、七郎と春嶽の論争は永遠と続き結論が出るには至らなかった。当の容保自身、就任することは固辞し続けている。しかし容保は、将軍後見職の一橋慶喜が如何なる理由で当家の将来をここまで案じてくれているのか、それだけは疑問であった。

七郎は、春嶽に対してもう一つ言いたいことがあった。

「春嶽さん。あんただって藩主なら領民は大事なはずだ。加賀や越前など北陸の方では今、天然痘が大流行しているだろう。あんたの隣国の加賀だけでも数千人以上の死者が出たと聞いたぞ。福井だってそうなるのも時間の問題だ」

それに対し、春嶽はきまり悪そうに答えた。

「存じております」

「それを分かっていて何している。先刻、貴藩の町医者である笠原良策が長崎から種痘のための苗を福井へ持ち帰ったはずだ。あんたはそれを一笑に付したと言うではないか。

笠原良策は、私財を全て投じて命がけで福井へ運んだんだぞ。それを知っているのか」

「ど、どうして、それを・・・」

「そんなことはどうでもよい。西洋では種痘という治療法により天然痘は年々減ってきているんだ。少しは西洋の事情でも勉強しろ」

「しかし、牛の身体にできた疱瘡を人間に植え付けるなど、と、とてもできません。そんなことして頭に角でも生えてきたらどうするのであうか」

「そんなことがあるわけない！」

「そこまで言うなら慶喜公、あなた自身がやってみたらいいでしょう」

ここで七郎は頭の血管が一本ブチ切れた。いきなり立ち上がり、衣服を脱ぎ棄て上半身裸になる。そして左肩を春嶽の顔の前に押し付け大声を出した。

「これを見てみろ、文句があるか！お前のどこが名君だ。志村けん以下のバカ殿だろうが！」

七郎の左肩には、七郎が幼少の頃に行った種痘の痕跡がしっかり残っていた。七郎は、春嶽に対して言いたいことを言い放つと部屋から出て行ってしまった。

　春嶽は七郎に圧倒され、すぐには立ち上がることができなかった。一体慶喜公とは何者なのだろうという思いが頭の中を駆け回っていた。同時に、慶喜公なら諸外国と朝廷の板挟みになっている幕府をうまく操縦できるのではないかという期待も生じた。と言うよりむしろ、この人でなければ今の究極の時代を乗り切れないだろうという思いが膨らんできたのであった。

春嶽と同様に驚きを隠せずにいたのが後ろに控えていた平岡、市之進、渋沢の三人である。慶喜が種痘を行ったなどという話は誰も聞いていなかった。そして、市之進は平岡に尋ねた。

「円四郎殿。殿は謹慎中、時々屋敷を抜け出し吉原あたりで羽根を伸ばしていたという話は本当ですか」

「側近筆頭の中根殿より、そのように聞いております」

「遊んでいる姿を見たものは家中におられますか」

「いや、特にそのような話は聞いていませんが。市之進殿、それが何か」

「もしかして、屋敷を抜け出したというのは周囲を欺く仮の姿であって、実は我々が想像もつかぬようなことを外でしていたのではないのかと。殿は、どこかにとてつもない情報源を持っているのではないかと、そんな気がしたものですから」

「しかし、中根殿たちまで騙す必要はありますかな」

「家中にも井伊と繋がっている諜者がいないとも限りませぬ。それを用心しての行動だとすれば納得がいきますぞ」

「なるほど」

春嶽は領国へ戻り、天然痘の感染状況を調査した。そして、笠原良策を藩医として取り立て、種痘を奨励した。最初は躊躇した領民たちも藩主自らが行動を起こしたことで、日に日に従うものが増え始める。結果は、隣国の加賀藩では数十万人とも言われる死者が出たのに対し、福井を中心に越前では死者は希少であった。種痘という免疫療法はこの後、全国に広まっていく。天然痘撲滅への始まりと言えた。その先駆けとなったのが越前福井藩であり、それを奨励したのが藩主松平春嶽であると後世に伝えられていく。春嶽が名君と称えられるエピソードの一つである。しかしながら、七郎が春嶽に対して持った感想は「別に大した男ではなかった。期待した俺が馬鹿だった。」ということであった。

一九八〇年、世界保健機関（ＷＨＯ）は天然痘根絶宣言を発表した。この時から約百年先のことである。

松平容保は七郎の強い肩入れには深謝しつつも、やはり代々会津松平家に伝わる『家訓』には逆らうことができなかった。その結果、容保は不本意ながらも京都守護職を拝命した。文久二年八月のことである。幕府は会津藩の京都赴任の援助として、会津若松南部の下郷《しもごう》にある幕府直轄領地、石高五万石を容保に譲渡した。これにより会津は石高二十八万石となった。さらに幕府は、金子三十万両を容保に献上したのである。これにより表面上、財政的には六十万石の大大名と同等の財力を持つこととなった。これらは全て七郎が会津のために裏で手を廻して行ったことである。しかし、京都における会津藩の生活の厳しさは、経済的な問題だけに収まるわけはなく、辛苦を味わうのはこれから先のことであった。

幕末には、二百六十家の大名が存在した。その中でも歴史に名を連ねる名君という藩主は少ない。たとえば水戸の徳川斉昭、薩摩の島津斉彬、越前の松平春嶽や土佐の山内容堂などは賢侯と称されていた。さらに伊予宇和島の伊達宗城、佐賀の鍋島閑叟なども賢侯と称された藩主である。全員が一橋慶喜の将軍擁立派であり井伊直弼による弾圧の対象となっていた。この中で徳川斉昭と島津斉彬は死んでこの世にいない。薩摩は島津斉彬が死に嫡男が継いだが、まだ幼少であるため斉彬の弟久光が出しゃばっている。松平春嶽は七郎が先刻出会い、その人物の程度を知った。他の賢候はいまだ会ったこともないが、天下の名君と称された春嶽の具合から想像して、他の大名も推して知るべしかもしれない。

そのうちの一人、土佐の山内容堂が一橋邸を訪問してきた。幕末の土佐と言えば有名なのは坂本龍馬である。だが龍馬は下級武士である。おそらく藩主たる容堂は全く知らぬ人物であろう。それは凡そ見当がついていた。問題はこの男もまた尊王攘夷に固まった人間なのであろうかということであった。

慶喜は屋敷内の広間で容堂に応対した。顔が真っ赤で酒臭い。昼間から酒を飲んで酔っているようだった。七郎の顔を見ると愉快そうに大声を張り上げた。

「実はこの身、亡き徳川斉昭公から慶喜殿のことを大いに聞かされておったのだ。次期将軍にはこの人物しかないと。そう言われたのであるが、肝心の慶喜公という人間に俺は一度もあったことがない。それでは困ると、今日ここに見分に来た次第じゃ」

酒臭い息を吐きながら、言いたいことだけを言いまくっている。このような常識外れの男はどうでも良いのであるが、どこか憎めないところもある。七郎は適当に話を合わせて、追い払うことにした。

「容堂さん。井伊直弼のために、容堂さんも謹慎の沙汰があり、その間、土佐も色々大変だったようですね。藩政吉田東洋殿の暗殺の下手人は掴まりましたか」

一瞬、容堂は酔いが覚めた。土佐の関係者以外は誰も知らない機密事項である。それを、何故一橋公が知っているのか不思議である。

「教えましょう。実行犯は土佐勤王党の那須信吾、大石団蔵、安岡嘉助の三人、裏で指示を出しているのは白札格の武市半平太ですよ」

容堂は仰天した。このお方は何を自分に語っているのかが分からなかった。そもそも白札格という土佐藩特有の身分制度は、土佐以外の人間が知る由もない。一体どこで我が藩の実情を調べたのであろうか。

「自分の目的のためなら平気で殺人を行うような人間を俺は信用しません。土佐謹王党がそれですよ。それより、これから貴藩にはウルトラマンのような人間が登場しますよ。その人物を大事にした方が土佐藩のため、というより日本のためですから」

容堂はますます分からなくなった。返答に困っていると、側に控えていた平岡円四郎が耳打ちした。

「我が殿は先刻、不注意にも頭を強打しており、それ以降ずっと後遺症に悩んでおられるのです。一日に数回、意味不明の言葉を発したり記憶が途絶えたりしているのです。どうか気を悪くしないでいただきたい」

容堂は慶喜という人間が分からなかった。次は酒の入っていない状態で今一度面会を賜ろうと思った。時間をかけて話をしてみたいと感じた。容堂は直ちに領国土佐へ帰り、吉田東洋に代わる藩政後藤象二郎に対し、七郎から得た情報を伝えた。そして後藤に命じ事実を調査させたのである。その結果、東洋殺しの下手人は七郎から得た情報通りであることが判明した。さらに、東洋殺しの下手人を探索していた井上佐市郎が京都で絞殺された。これを実行したのが土佐の岡田以蔵、陰で命じたのはやはり武市半平太であることも明白となったのである。その後、容堂は後藤に命じ、自身が信頼置く家臣達を次々と暗殺し、悪行を重ねまくった土佐勤王党の面々を容赦なく始末した。

一段落したころ、容堂は後藤に尋ねた。

「ウルトラマンは登場したか」

突然、意味不明の質問をされ後藤は返答に窮してしまったが、とりあえず適当に主君に返した。

「まだであります」

薩摩の島津久光は文久二年七月、英国人に行列を妨げられたという自分に都合のいい理由で、その英国人を殺害した。歴史に残る生麦事件である。この事件の報復により、薩摩は英国海軍の砲撃を受け壊滅的な打撃を被った。文久三年七月に発生した薩英戦争である。

長州は、攘夷実行と称し関門海峡を通る外国船に砲撃を行った。しかし翌年、外国船から報復され下関を四か国軍隊により占領され山口の長州軍は壊滅した。いわゆる馬関戦争である。

側近である平岡、渋沢、市之進らは七郎に欠かさず報告した。三人は、これで薩長も少しは懲りて大人しくなるであろうと判断した。しかし七郎の意見は逆であった。

「よく考えてみよ。彼らは戦争に負けたから日本と西洋の武器の違い、西洋の技術を味わった。敗れて目覚めるとは正にこのことだ。これらの戦争を境にして、幕府は大きな敵を作ったかもしれないぞ」

七郎は未来の結果が分かるだけに、薩長が徐々に成長していく過程を目にしている思いがしていたのである。

七郎は、不明な点はあれば直ぐに平岡らに質問した。令和の時代と百年前では、地名も微妙に異なっていたためである。

「ところで馬関とは後の下関市のことか」

「よく分かりませんが、彼の地は赤間ケ関または赤馬ケ関と言われるため、通称馬関と呼ばれるようになったと聞いております」

「場所は、かつて源氏と平家が戦った壇ノ浦のあるところだな」

「その通りでございます。」

「かつて宮本武蔵と佐々木小次郎が戦った巌流島のあるところだな」

「その通りでございます」

「昨年の甲子園で準優勝した下関国際高校があるところだな」

「それは知りませせぬ」

七郎が危惧した通り、薩摩や長州は、攘夷が無謀で何の意味を持たないことを実感した。この後、両藩とも見かけは攘夷の姿勢を取りながら、実際は西洋との繋がりを深めていく。西洋の進んだ技術を取り入れるだけではなく、武器弾薬を調達して幕府に対抗する力を蓄え始めたのである。それでもなお、見かけ上は攘夷を叫び続けるのは、討幕の口実を発するのと、幕府に対する嫌がらせ以外の何ものでもなかった。

六　京の都

文久三年、将軍家茂は上洛する。攘夷実行に関して、朝廷からの上洛要請に応じるものであった。将軍に対し朝廷が上洛を求めるなど、開幕以来、一度も例がないことであった。今回が初めてである。いかに幕府が弱体化しているかがわかる。

当然、七郎も随伴するが、七郎は将軍に先発して上洛することとなった。文久三年正月のことである。その一ケ月前の文久二年十二月には会津藩兵が上洛を果たしている。すでに松平容保は、御所内において孝明帝に謁見した。帝は容保に対し、その聡明な表情と律義さに感動し、絶大な信頼を置いたという。会津藩は京都の金戒光明寺を宿所としていた。

この当時の京都は、過激浪士あの暗躍により全くの無法地帯であった。攘夷派公家たちの横暴により、独立政治都市となっていると言っても過言ではない。攘夷派による殺戮や強盗は日常茶飯事であり、朝廷内部は薩長により完全に牛耳られていた。京都町奉行の永井尚志は、この形勢下にあって奉行ごときでは何もすることができず、一橋慶喜の上洛こそが幕権回復の急務と考えた。永井から、一日でも早い上洛を懇願されたため、七郎は将軍に先行して上洛の途についたのである。

ところで、今回の家茂の上洛に当たり、幕府は家茂の護衛と称して浪士隊を結成した。庄内藩氏清河八郎を中心として結成した浪士の集団である。

平岡円四郎は、かつて清河八郎と面識があった。平岡は、七郎に自分の知る清河のことを伝えた。

「私の知る清河八郎は、なかなか頭の切れる男でございます」

「俺は七郎だがそいつは八郎か。数字の上では俺の次だが、こいつは油断ならぬ男だ。本当に家茂護衛のために浪士隊を結成したと思うか。野望に満ちたこの男のことだ。実はとんでもないことを計画しているかもしれないぞ。」

事実、七郎の言う通りであった。清河は最初から将軍家茂の護衛などする気など毛頭ない。尊王攘夷実行のために兵を集め、自分の思い通りに動く浪士隊を操り、幕府に対抗しようとしていたのである。これに反発したのが武州出身であり江戸で試衛館道場を構えていた近藤勇とそれに従う土方歳三、山南敬助、永倉新八、原田左之助、藤堂平助らのグループ、それと芹沢鴨を中心とした水戸出身浪士たちのグループである。清河に賛同する浪士達は直ちに江戸へ引き返すが、近藤と芹沢のグループは当初の目的通り、京都に残ることにした。この浪士隊が後の新選組である。今の段階で、この新選組が京都における会津の最大の協力者となり、京都における尊攘派を震え上がらせる存在になることを知っているのは七郎一人だった。

その後、清河は陰謀が露見したため幕府の刺客により惨殺される。斬ったのは後に京都見廻り組を率いることとなる佐々木只三郎以下六名。その死体は無残に切り裂かれ腹から内臓が飛び出していた。死体が江戸の麻布赤羽橋下で発見されたとき、数匹の野良猫が、清河のはらわたを食いまくっていたという。

七郎は側近の平岡円四郎、原市之進、渋沢栄一を京都へ同行した。さらに新門辰五郎にも同行を依頼した。辰五郎は七郎からの依頼に感激し、命を賭して奉公する覚悟で追従してきた。

七郎ら一行は、京都の東本願寺を宿所とした。同所の一室で、七郎は市之進らに聞いてみた。

「孝明帝は何故攘夷なのか。会ったことも見たこともない異人を何故嫌うのか俺にはわからない。何か聞いているか」

そこで平岡が一枚の風刺画を取り出した。

「こんなものが出回っております。」

そこには黒船に乗って日本に来たペリー提督の顔の絵が画かれている。おそらく江戸の絵師が想像で描いたものであろう。その顔は牛鬼のような醜い形相をしており、目つきが鋭く目玉が突き出ており、しかも口から赤い血を滴らせながら生肉を食している。この絵を見て七郎はあきれ果てた。こんなものを見せられたら誰でも身震いする。もし、このような情報が帝の判断を左右しているのであれば、誤解を解いてやらねばならない。七郎はそう考えた。

「ところで、諸君も異人というのはこのような表情をしていると思うか」

渋沢は異人の顔を見たことがなかった。平岡も市之進も、横浜で遠目に見た程度である。七郎は、リュックの中から一枚の紙片を取り出し、三人に手渡した。それは映画雑誌『シネマ情報九月号』の一部を切り抜いた紙片である。そこには、映画『トップガン マーヴェリック』の上映開始に伴い、かつて一九八六年に上映された前作『トップガン』の特集画像の一場面が写っていた。俳優トム・クルーズの若き日の姿と、空母エンタープライズに乗り組む若き海軍士官が鮮明に描かれたカラーグラビアである。牛鬼のような顔とは全く異なる異人の姿である。コバルトブルーの士官服に身を包む若き軍人の笑顔は実に爽やかであり好感が持てた。ワインを飲みながらステーキを食べる場面もある。また共演した女優である若い頃のケリー・マクギリスの笑顔が実に可愛い。しかも当時の日本人女性とはかけ離れた大きさの胸をしている。そして胸の谷間が僅かに見えるあたりは男の欲望を大いに誘うものであった。

これを見た平岡たち三人は目を丸くした。初めて見る異人の姿を見たことで見識を新たにした。それに加えて、これまでに見たことも触れたこともない薄く小さな紙上に、このような見事な絵を描く西洋の作画技術にも驚きを隠せなかった。

同年三月、七郎は初めて孝明帝に謁見する。謁見と言っても帝は御簾の向こう側へ着座しており、簾が邪魔をして顔はよく見えない。初対面の挨拶らしい言葉など、七郎にはどうでもよかった。将軍後見職として七郎がやるべきことなどを適当にしゃべり、後は御簾の下からそっと、映画トップガンの切り抜きを滑り込ませてやった。帝が、江戸の絵師が想像で描いた異人の絵を見て得た情報の誤解を解くためである。七郎はアメリカ海軍の説明などをし、ご丁寧にステーキとその焼き方まで帝に教えてやった。話がどこまで通じたか、帝はどのような表情でその画像を目にしていたかは、御簾が邪魔をして分からない。しかし、天皇とはいえ普通の人間だ。しかもまだ若い。少しは興味を持ったであろう。今日のところはそう考えて、七郎は御所を後にした。

日米和親条約では、幕府は下田と函館の二つの港を開港した。さらにその後の日米修好通商条約締結の際は横浜、長崎などの開港が行われたが、兵庫の開港が遅れていたのである。これに対する諸外国からの要求に対し、幕府は朝廷からの勅許が降りないことを理由にして先延ばししてきた。それでは外国の領事としては納得が行かない。その結果、どうも日本の国には徳川という政府の上にもう一つ別の政府があるようだという、不信感さえ生まれてきた。このままでは徳川幕府は、自身の弱さを諸外国の前にさらけ出すこととなるのである。それだけは避けたいため、何とかしようと幕府は打開策を練った。簡単なことである。幕府の威信を保ちたいのであるならば、朝廷の許可など無視してさっさと兵庫を開港してしまえばいいのである。井伊直弼は実際にそれをやったのだ。しかしそれを実行すると朝廷をはじめ攘夷派の攻撃に会うことは必定である。それを嫌がる幕閣たちは、決論が出ぬまま優柔不断な態度を取り続けたため、ますます諸外国から嘲笑されていたのだった。それだけではない。逆に朝廷からは、勅許なしの条約締結の行為を盾にし、幕府に対して攘夷の実行を迫ってきた。この度の将軍上洛要請はそのためである。

御所内において、公家の三条実美ほか数名が将軍に対峙して詰問した。孝明帝は前回と同じように御簾の向こう側に着座している。将軍である家茂には対応することもできなければ、何を要求されても決断する能力などない。必然的に将軍後見職の出番となる。最近の七郎は、時代遅れの連中が発する攘夷とか勅許とかいう言葉にはうんざりして嫌気がさしていた。暇つぶしに適当にからかってやるか。その程度の考えで公家どもの前に座った。

三条はさっそく攘夷の実行を要求し、決行の日時決定を迫ってきたのである。七郎は結論を先に言った。

「攘夷だと? そんなもの今さらできるわけがないだろう。あんた達だってそれは百も承知なはずだ。それを長州の連中にケツを押されて、仕方なく口にしているだけの話だろう。違うか」

図星であった。最近では、図に乗った長州人たちから、脅迫半分の要求を連日突き付けられていたのである。だからと言って、何もしないで終わったのでは自分たちが長州人に何をされるか分かったものではない。ここは引き下がるわけには行かなかった。

「そもそも幕府は、勅許なしに条約締結をしたことが間違いの始まりである。この条約を一刻も早く破棄し外国人を追う払うこと、すなわち攘夷決行の日時を直ちに決めてもらいたい」

「勅許、勅許とうるさいんだよ。そもそも鎖国を始める時には勅許など必要なく始めたのに、何で開国するときには勅許が必要なんだい。話が変じゃないか。」

三条は返答に詰まった。すると三条の隣に座っている頭の悪そうな顔をした別の公家が言葉を発した。

「慶喜公の言う通りではあるが、そもそも勅許なしで鎖国をしたこと自体も徳川の大罪である。全て朝廷を蔑ろにした徳川幕府の悪行である」

この一言に対し、七郎は一機に反論の言葉を浴びせた。

「なるほど。と言うことは、鎖国は徳川が勅許なしで勝手に行ったことだから無効ということだな。ならば今からでも遅くはない。さっそく鎖国を取りやめることにしよう。朝廷の許可を得ずして鎖国などという国家の大事を行うとは不届き千万、確か鎖国を始めたのは三代将軍徳川家光だったな。遅くなってしまったが先祖に成り代わりお詫びしよう。申し訳なかった」

七郎は、明らかに相手を侮った態度で詫びを入れた。

「何を申すか！鎖国を始めて既に二百年が経過しているのですぞ。それを無効という理屈が今更通るとでも思っているのか！」

「二百年前だろうと昨日だろうと過ぎた時間は関係ない。俺は開国するとは言っていない。鎖国をなしにすると言っているのだ。それで問題ないだろう。兵庫開港は勅許などという面倒な手続きなしで実施する。ただし、自由自在に日本国内に入れるとは誰も言ってない。きちんとパスポートを提示し入国手続きをしてから許可する。この件を税関に厳しく言っておくことにしよう。これでよいな。分かったなら、とっとと消えろ。」

　後方にいる渋沢は笑いをこらえるのが精一杯であったらしい。真っ赤な顔をして口元を抑えている。平岡と市之進はあっけに取られていた。朝廷の人間をここまで馬鹿にした人間も初めて見たが、徳川の身内で、歴代将軍を呼び捨てにした徳川家の人間も見たことがない。驚きとともに末恐ろしさを感じずにはいられなかった。

　三条実美は顔を真っ赤にして声を荒げた。

「うるさい！とにかく攘夷じゃ、攘夷！攘夷実行の期日を決めよ！」

「分かりました。ならば期日を決めましょう。今から三十年後に清国、四十年後にはロシア、そして八十年後にはドイツ、イタリアと三国同盟を締結し世界中の異国人相手に攘夷を実行する予定です。それまで少しお待ち下さい」

七郎は、未来の日本が辿ることを史実通りに語ったのである。だが、ここに居る者達に理解で来るはずはなかった。そのため、馬鹿にされたと思った公家たちは顔を真っ赤にして声を荒げた。

「何を意味の分からぬことを申しておる！孝明帝は夷狄《いてき》がお嫌いじゃや。今すぐに攘夷を実行することを常日頃から叫んでおられる。それを蔑ろにするということは、徳川は朝敵に他ならない」

そう言われて七郎は言い返した。

「それは、あんたらが孝明帝に誤った知識を植え付け、日本の将来のことなど何も考えず、帝《みかど》に攘夷という言葉を言わせ続けてきただけの話だろう。笑わせるな！」

こともあろうに、天皇陛下の面前でのやり取りが、実におかしな展開になってきた。

市之進や平岡としては、これ以上の論争は両者にとって有益とは思われなかった。この辺で七郎を退散させることが賢明と感じ始めており、無理矢理にでもこの場所から引っ張り出す方法を小声で練り始めていたのである。その時である。この会談は一人の人物による意外な言葉により、誰もが想像していなかった結末を迎えることとなった。

御簾の向こうで孝明帝が初めて口を開いたのである。その声は実に澄んでおり、その場に居合わせたすべての者達が聞き取ることができた。

「朕は夷狄が嫌いだなどと一言も言ったことないよ。一度会ってみたいものだな。そして一緒にステーキが食べたい。焼き加減はレアがいいな。食事が終わったら夷狄の女と一発やりたい」

それだけ言うと孝明帝は立ち上がり奥へと消えて行った。

幕府の一行は御所を後にした。将軍家茂は何も言わずにただ座っていただけである。しかし、七郎らのやり取りを見ていて溜飲の下がる思いがした。人前で話すことすら苦手な家茂としては、七郎に対して申し訳ない思いで一杯であった。同時に家茂は、やはり将軍は自分ではなく一橋慶喜こそが適任であると改めて考えていた。

将軍家茂は江戸へ戻る。家茂が上洛していたこの時期を境に、世の中は京都を中心に、さらに激動の時代へと突入していくのであった。

同年の八月十八日、孝明帝は幕府を支持し会津藩と薩摩藩と結び、七郎にやり込められた三条実美をはじめとする急進的な攘夷派公家を七名、長州藩の人間を御所から追い出したのである。もともと孝明帝は攘夷を希求してはいたものの、それ以上に幕府を信頼しており、武力による攘夷までは望んでいなかった。三条らの過激なやりかたには耐えきれないものがあったのである。勅諚《ちょくじょう》を歪曲したり偽の勅許を発令するなどして孝明帝を蔑ろにした行動に対し孝明帝の怒りが爆発したのである。三条らは京の都を追われ長州へと落ち延びて行った。世に言う八・一八の政変、七卿の都落ちである。

この政変以来、御所内部は少し落ち着いた様子を見せていた。尊王攘夷の過激浪士達もやや大人しくなったように思われたのである。しかしながら、この政変は長州の幕府に対する恨みを、さらに増したことに他ならなかった。会津藩としては新選組ともども、今後の取り締まりを強化せざるを得なかったのである。

七　池田屋事件

　文久四年、七郎は京都に滞在している。京都の夏は暑い。七郎が育った会津若松も盆地であるため夏は暑かった。だが京都の夏は暑いだけではなく湿気も多い。汗がどんどん流れる。しかし六月の京都には、その暑さを吹き飛ばすような庶民の楽しみがあった。祇園祭である。

　七郎は京都に来るのが初めてであった。七郎の高校では今年、修学旅行で京都に来る予定であったが、コロナ禍により修学旅行は中止となったのである。京都では一日中、生徒の自由行動であったため七郎は誰よりも楽しみにしていた。実に残念であったが、今こうして七郎は京都にいる。

　現代の京都市街は人や車の通行が多い。バスや電車を使って様々な観光名所へ移動できる。また京都では、一歩奥へ足を入れれば、京都の古い街並みに出会うことができる。七郎はそれを楽しみにしていたのだった。だが、今ここにある京都の街並みは全てが古い街並みである。昔そのままの街並みが目の前にあった。

　祇園祭の準備で市街は実に活気に満ち溢れていた。日本三大祭の一つとも称される祇園祭は、京都八坂神社の祭礼であり千年の歴史がある。当時流行していた疫病を鎮めるために行われたとも伝えられている。コロナ禍に苦しむ令和の日本においても、少しでも鎮静するよう祇園祭を盛り上げてほしいものだと七郎は思った。

文久四年、六月、祇園祭と聞いたとき、七郎には何か胸に引っかかるものがあったのである。教科書『新日本史』を開いたのだが、特に記載はない。ということは何も歴史的な事件はなかったということであろうか、それとも歴史の教科書に載るほど大きな問題ではないような何かが起きたのであろうか。文久四年の祇園祭の時に何かがあったような気がしてならなかった。だが、七郎にはどうしても思い出せない。

七郎はさらに思案した。何かが起きたのではなく、何か大きな事件を未然に防いだということはないだろうか。考えているところへ平岡や市之進が七郎の前へ現れた。

「殿、少し前の話になりますが、新選組内部でもめ事があったようでございます。芹沢鴨一派が試衛館の近藤派に粛清されたとのことです」

市之進が口を挟んだ。

「芹沢鴨と言えば私と同じ水戸の出身。水戸天狗党の一人として剣の腕は相当なはず」

今度は渋沢が口を挟んだ。

「近藤勇らは私と同じ武州出身です。天然理心流の試衛館道場の主であるはずです」

「芹沢らは幕府御用金と称して度々商家に押し入り、金を無理やり巻き上げていたとかで各所より訴えがあったようなのです。ほとんど押込み強盗と変わらぬ所業であり、最後は会津公の逆鱗に触れたとのこと」

「すると殺したのは近藤一派ということか」

「近藤らは長州の過激浪士の仕業と言って、白々しく葬式まで取りここなっておりますが、まず近藤らの仕業に間違いはないでしょう。しかし、これで新選組は一枚岩になり局長近藤勇、副長土方歳三らを中心にまとまったようです」

七郎は新選組に関しては本やテレビの内容により、詳しく知っていた。しかし、ここは初めて知ったふりをせねばならなかった。

「芹沢派はやりすぎたようだ。だいたい献金というのは無理やり奪うのではなく、提供者が進んで金を渡すものだろう。無理やり金を奪うのはカツアゲだ。提供者が進んで金を出すようにマインドコントロールでもすれば良いものを。少しは統一教会を見習え」

平岡は市之進に小声で尋ねた。

「無理やり金品を奪うことを水戸ではカツアゲというのですか」

「いや、私も初めて聞きました」

その時、七郎は閃いた。新選組と聞いてあることを思い出したのである。昨年の八・一八政変以後、巻き返しを目論んだ攘夷派どもが、祇園祭前後の風の強い日を選んで、京都市街や御所に火を放ち、駆けつけた会津藩兵や新選組を皆殺しにし、そのどさくさに紛れて帝を奪おうという計画を練っていたのだ。確か、かっさらった帝を長州へ連れ去るという作戦だったはずだ。そんな杜撰な計画がうまくいくとは思えないが、京都が大火災になりせっかく楽しみにしていた祇園祭を見ることができなくなるのは辛い。攘夷派浪士のその計画実施を防いだのが新選組であった。池田屋に集結した不逞浪士を片っ端から斬りまくり、命が助かった者も一網打尽にしたという、歴史に名高い池田屋事件である。

ところで新選組はこの企みを察知しているであろうか。七郎は、大丈夫だと思うが念のため遠回しに通知してやろうと思った。別に歴史が変わるわけではない。後世に伝わる史実通りに歴史が動くよう、協力するだけの話である。そうしなければ楽しみにしていた祇園祭が中止になってしまうかもしれない。七郎にとって、中止になるのは修学旅行だけで十分であり、祇園祭は何としてでも開催してほしかった。

七郎は辰五郎を呼んだ。

「辰五郎さん。あんたのところの配下で、足の速い者を選んで、この手紙を新選組屯所まで届けてほしいんだ。門番の一人にこれを渡して、渡し終えたら名前や居所を問われる前に一目散に逃げて姿を消すように。よろしく頼みますよ」

辰五郎は答えた。

「お安い御用です。何かあればいつでも遠慮なくお申し付け下さい」


新選組屯所では、局長近藤勇を中心に土方歳三、沖田総司ら幹部が一部屋に集まっていた。預かった手紙の中身を読み、どうするべきか検討していた。立ち番の隊士から本書状を受け取った藤堂平助が言う。

「この書状によれば、四条小橋の炭薪商である枡屋喜右衛門というのは古高俊太郎という近江の攘夷派浪士であり、蔵の中に武器弾薬を大量に抱え込んでいるとあります。それだけではない。祇園祭前後の風の強い日に御所に火をつけるとか、三条の池田屋に不逞浪士が集結するとか、また詳しく色々なことが書いてあります」

それに対し、慎重派の山南敬助が質問する。

「もしも、これが全くの出鱈目だったとすれば、どういうことになりますか」

土方は山南に反論する。

「出鱈目にしては、やたら内容が具体的過ぎる。池田屋での会合の日付まで書いてあるぜ。踏み込んで中を調べてみる価値はあると思うが。万一、もし間違っていたら捨てておけばいい」

「それでは、やっていることが芹沢らと同じではないか」

「どこが同じだ。芹沢の目的は金だ。こっちは取り締まりのための御用改めだ。何が悪い」

確かに土方の言う通りであった。新選組がやるべき仕事をするだけの話である。特に問題はない。祇園祭は、すぐそこまで迫ってきている。躊躇している余裕はなかった。とりあえず三十数名の隊士を同行して店の内部を改め、書状の内容が真実であれば古高を取り押さえ、屯所まで連行することと決したのである。

新選組の出動に先立ち、局長の近藤勇が幹部たちに聞いた。

「ところで、この書状を運んできた者は、どんな男だったか分かるか」

それに対して永倉が答える。

「何でも町人風情の男だったらしいのですが、滅法足が速く、詳しい話を聞こうと追いかけたらしいのですが全く追いつかなかったそうです」

「町人か。下駄や雪駄ではそんなに早く走れるはずがないだろう」

「何でも、とび職か江戸の火消しが履いているような、そこの厚い足袋だったそうです」

土方は、もし書状に書かれていることが真実であるならば、その男が何故、新選組に通報してきたのか、全く見当がつかなかった。

「それに、この紙は何だ。こんな薄くて柔らかい紙は初めて見るぞ。しかも真っ直ぐな横線が入っている。さらにこの細い文字はどんな筆で書いたのだ」

紙は七郎の持っているレポート用紙である。文字については、新選組の中でも学のある山南に覚えがあった。

「これは異人が使うペンという筆で書いた文字に違いない。西洋の筆には、もし書き間違えたならば消して書き直すことのできる筆も存在するらしい。詳しいことは分からぬが」

ちょうど昼食を終えた時間帯に、新選組は枡屋に到着した。突然の御用改めに入って来た新選組に対し、店の者達はうろたえた。しかし、主の喜右衛門は全くと言っていいほど動じない。それが副長の土方には、明らかにただの商人ではないということがわかったのである。土方は、各部屋、押し入れ、土蔵、屋根裏から床下まで、徹底的に捜索するよう命じた。その結果、土蔵の中からは刀槍、鉄砲、火薬が見つかった。武器弾薬の他に、諸藩浪士との書簡や血判状まで新選組に手に押収された。喜右衛門は、もはや言い逃れはできない状態となってしまったのである。

枡屋喜右衛門を名乗る男は壬生の新選組屯所へ連行された。そこで厳しい取り調べを受け、さらに土方による過酷な拷問が始まった。土方としては、手元にある書状に記載されていることが真実であるならば、この者の正体、目的、今後の計画など全て把握しておる。しかし、書状の中身の真偽を知るには、何が何でも本人の口から白状させることが必要であると考えた。逆さ吊りにされた上、棒で殴られ、足の甲に五寸釘を打たれて、そこに融けた蝋燭の蝋を流し込まれる。足の指の爪は全てはがされ指を一本ずつ切り落としていった。さらには股間にある男のモノに五寸釘が数本打ち込まれた。気を失えば水を被せられるなど、言語に絶する拷問が繰り返し行われている。それでも喜右衛門は自分の名前すら語ろうとはしなかった。

ここまでしぶといと、拷問をする方も疲れてくる。そこで近藤が土方に一案を提示した。

「どうだろう。いっそのこと、こちらはお前らの陰謀を全て知っているぞと言わんばかりに、書状に書かれていることをブチ撒けてみては。逆に観念して白状するのではないかな」

失敗しては元も子もないが、土方はやってみる価値はあると思った。そこで、さっそく実行に移すこととなった。

男は半分意識が遠のいている状態で土方の目前に座らせられた。土方は薄笑いを浮かべて言葉を発した。

「お前の本当の名は古高俊太郎。近江国栗田郡古高村の出だ。父親は古高周三、違うか」

全て図星であった。古高は目を見開き驚愕の顔つきをした。いつの間にそんな簡単に自分の身元を調べることができたのかと思い、新選組の情報源に恐ろしさを感じ取った。

土方はさらに続ける。

「若狭国小浜の梅田雲浜の教えを受け尊王攘夷に走った。升屋を継いでからは、肥後の宮部鼎蔵とつるんで攘夷派の公家と長州の粪共の連絡係をしながら、武器弾薬を蔵の中に貯め込んでいた。ここまでで何か間違っていることはあるか」

古高は真っ青になって叫んだ。

「わかった。わかったから、それ以上は止めてくれ。頼むからそこまでにしてくれ」

そう言って泣き崩れた。

「次のお前たちの目的は、祇園祭付近の強風の日を選んで御所に火を付けることだそうだな。そして駆けつけた幕府方の人間を殺し、孝明帝を長州に連れ去ることだ。そんな計画がうまくいくはずないだろう。だいたい新選組はお前たちの杜撰な計画など、とっくの昔から知っていたのだからな」

古高は泣き崩れた。ここまで知られている以上、全てを自供するしかない。何といっても恐ろしいのは新選組の情報収集力である。古高は新選組の力を知ったことで、このような集団を敵に回したのでは倒幕など百年早いと認識して白状した。

近藤勇ら新選組は、これで攘夷派浪士達の陰謀を全て知ることができた。それにしても、新選組屯所へ届けられた書状の中身はことごとく真実であった。たれ込んだ者は一体何者なのか、近藤、土方らはそれを知りたがった。

新選組の次の目標は、残りの攘夷派どもの捕縛である。問題は逮捕された古高の奪還と、孝明帝を拉致する実施計画の相談を行うために集まる場所であった。書状には六月五日夜、三条小橋の池田屋とある。新選組は念のため、近日中に池田屋以外に大人数の予約が入っている料亭、旅籠はないかどうか徹底的に捜索した。古高が掴まったことを知れば会合の場所を変える可能性があるからである。六月五日は明日である。もはや時間の余裕はない。近藤勇は決断を下した。近藤以下、沖田総司、長倉新八、藤堂平助、近藤周平の五人で池田屋に乗り込む。その他は土方の指揮の下、鴨川の東側の旅館や旅籠をくまなく捜索してから池田屋へ向かうこととなった。

旧暦の六月五日の夜が訪れた。池田屋に踏み込んだ新選組は、後世に伝わる史実通りの働きをしたのである。すなわち、池田屋で会合を開いていた尊攘派浪士達は、宮部鼎蔵以下ほとんど全員が惨殺または捕縛された。そして、この事変の結果により新選組の名は全国に知れ渡ることとなったのである。京都に散在する尊攘派浪士達は新選組の恐ろしさに震え上がり、当分の間は鳴りを潜めるようになった。また、京都の町が尊攘派の仕業で火災にまみえるようなことも避けられたのである。しかしながら、今回ばかりは七郎が余計な情報提供をしなければ、歴史はどう動いていたか分からない。七郎の一報があったからこそ、初めて新選組が行動を開始したのかもしれないのである。だが、今となっては確かめようがない。全て七郎のもつ日本史の知識が京都の街を火災から救ったのである。七郎が日本史の教科書になど絶対に記載されていないようなことを知っていたことを新選組に伝達したため大事に至らなかったのである。いずれにせよ、京都の祇園祭は何事もなく予定通り開催される。七郎は何事もなかったかのように喜んで祭り見物に出掛けて行った。

八　平岡円四郎の遭難

八・一八の政変や池田屋事件により、攘夷派浪士の横暴な振る舞いは影を潜め、京都の街は安穏の日々が保たれていた。鳴りを潜めてはいるものの、新選組に対する憎悪は言うまでもなく、新選組を抱える会津藩、さらに後ろに控える幕府に対する攘夷派の恨みはさらに増加したことは間違いなかった。奴らは、形勢を挽回する機会を虎視眈々と狙っていたのである。

攘夷派は幕府に対し嫌悪感を増すとともに、新たに別の不信感も生じてきた。今まで攘夷派であると信じて疑わなかった徳川慶喜が、ここに来て所作が曖昧になって来ていると攘夷派に伝わっていたのである。朝廷内での問答を知れば当然のことではある。しかし、攘夷の急先鋒の武士たちは、そのような慶喜の変節は側近達の入れ知恵にあると判断した。その結果、慶喜の側近の筆頭である中根長十郎が江戸で惨殺された。さらに池田屋事件からわずか十日後に、側近の平岡円四郎が京都で惨殺されたのである。

平岡を護衛し行動していた川村恵十郎は、突然の刺客の登場に一瞬対応が遅れてしまった。川村が抜刀した時には、平岡は刺客により袈裟懸けに切り込まれていたのである。

仰天した川村は怒り狂い襲撃犯を二人まで惨殺した。さらに逃げた一人を追いかけて捕まえ、その者の口を大きく開き、短刀を喉の奥に突き刺した。引き抜いた短刀を、死にきれずに悶えている男の両目に突き刺す。頭に血が上った川村は、次にわざと心臓は刺さずヘソの下をずたずたに斬り裂いた。まだ死んでいない。最後に股間にある男のモノを切断し、始めに突き刺した喉の切断箇所にねじ込んでからその場を離れた。全て夜中のことであり場所は三条大橋である。

翌日、平岡を惨殺した刺客は水戸藩士であることが判明する。最初に平岡の死の連絡を受けた原市之進は大ショックを受けた。というのは市之進も水戸の出である。しかも水戸在藩中は市之進自身も手のつけられぬ攘夷派であったのだ。それが最近、慶喜共々、市之進の行動が怪しい。一昨日、市之進はかつての仲間から散々詰問された。それまで攘夷一辺倒であった慶喜の心変わりは、側近の進言にあるものと水戸の連中は思い込んでいる節がある。

元治元年六月十六日、会津、桑名、淀の公用人衆が集まっての評定が行われた。この評議の席に市之進も出席予定であったが、市之進は風邪で体調を崩していたため、平岡に代理出席を依頼していたのである。市之進は、評議が行われる御用談所に赴き、帰りには一橋家の家老渡辺甲斐守宅に立ち寄り、そこで評議内容を報告した後、帰宅する予定でいた。その日の行動予定を細かく尋ねてきた水戸藩士がいた。質問に面倒になった市之進はつい、行動予定を詳細に話してしまったのである。まさか水戸藩士が自分の命を狙っているとは少しも考えていなかった。これが不覚であったのである。刺客は間をおくことなく行動を起こした。市之進の通行場所に前もって潜んでおり襲い掛かったのである。ところが襲われて惨殺されたのは、市之進ではなく代理でそこを通行した平岡円四郎であった。市之進としては、この件を慶喜に全て包み隠さず申し述べる他なかった。

平岡の死を聞いた七郎は、目の前が真っ暗になった。迂闊であった。今までこの時代を生抜くため余計なことに気を使い過ぎており、平岡の遭難のことを完璧に忘れていたのである。平岡が刺客に襲われることを七郎は史実であり、七郎も分かっていた。それにも関わらず、その対処を怠っていたのである。どうせ幕府は倒れるのであるから、慶喜の側近の一人くらい、史実では死ぬべきところを生きていたところで歴史は大きく変わることはないであろうと考え、平岡の命は守るつもりでいたのだった。後悔しても後の祭りである。七郎は、深く落ち込んだ。平岡に対し、心の中で繰り返し詫び続けた。七郎は涙を流した。小学校や中学校の卒業式にも泣いた記憶はない。泣くのは何年ぶりのことであろうか。初めて一橋邸に来て脳震盪を起こした際に解放してくれた中根長十郎、そして今日まで様々なアドバイスをくれた平岡が不遇の死を遂げたのである。これほど悲しい思いをするのは久しぶりのことであった。

その時、市之進が七郎の側に寄って来た。

「殿、円四郎殿の件でありますが。どうしても申し上げたいことがございます」

「市之進。何も言わなくてよい。全て俺が悪いのだ。円四郎の遭難のことを全く忘れていた。俺の怠慢だ。助けることができるのを、助けないいでしまった。全く迂闊だった。」

七郎は、市之進に話す余裕を与えない。

「殿、お聞きください。実は」

「市之進。円四郎の命を縮めた責任は全て俺にある。申し訳なかった。すまん」

市之進は、それ以上言葉を挟むことはできなかった。慶喜は、自分が攘夷を捨てたために円四郎を犠牲にしたと思っているのであろう。市之進は、そう理解した。だとすれば、水戸藩主の徳川斉昭公など足元にも及ばぬ家臣思いの主君である。市之進はこの後、慶喜公のため、平岡円四郎殿の分まで命を賭して奉公しよう、そう心に決めたのであった。

七郎には悲しんでいる余裕はなかった。平岡の次に命を狙われるのは原市之進である。七郎は、市之進の遭難の時期は覚えていないが、平岡同様の理由で市之進も惨殺されるのは事実である。家臣の一人や二人が長生きしたところで、そう易々と歴史が大きく変わることもないだろう。たとえ後世の歴史が多少変わろうと、市之進のことだけは守ってやる、そう七郎は心に決めた。

七郎は新門辰五郎を宿所に呼んだ。辰五郎は七郎が京都在住中は京都に住み、江戸に戻るときは江戸まで追従し、常に七郎の近くで生活している。

「辰五郎さん。いつも面倒なお願いばかりで申し訳ない」

「何を仰います。遠慮なく何でも申し付け下さい」

辰五郎はいつものように、嬉しそうに返答した。

「円四郎が殺されたのは聞いたであろう。次に狙われるのは原市之進だ。それで辰五郎さんの配下の者を市之進の周りに多数配置してほしい。刺客が現れたなら洋式銃でハチの巣にしてしまって構わない。どんな無残な殺し方をしても構わないので、市之進のことだけは守ってほしい」

「お任せ下さい」

辰五郎は、その一言だけ発し直ちに準備に取り掛かった。


案じていた通り、原市之進が刺客に襲われたのは、その一ケ月後の夜のことである。市之進はちょうどその時、家中の者に髪を結わせている最中であったという。しかし辰五郎は、配下の者を家の外周りだけではなく、押し入れの中、天井裏、さらには床下にまで配備しており、蟻のはい出る隙もないほど厳重に護衛していたのである。しかも全員が刀槍ではなく七連発の洋式銃を持参していた。刺客は四人、一斉に玄関から物音を立てないよう侵入した。刺客の四人は二手に分かれ、刀を抜いて市之進の居場所を探す。その一方が広間に達した途端に、畳が跳ね上がり床下から二人の洋式銃で武装した兵が飛び出した。同時に天井が外れ、そこから銃口が三門、二人の刺客に向けられていた。さらに押し入れ戸が外れ中から三名の陸兵が銃を構えて現れた。二人はどうすればよいのか分からない。しかし問答する気など微塵もないし捕獲する予定もない。合計八門の銃から一門につき七発、合計五十六発の弾丸が二人の身体に命中した。当然、身体は穴だらけになった。

　残りの二人は、銃声を聞き、刀では太刀打ちできないものと判断した。彼らは一度出直すことにして、家の外へ逃げ出したのである。しかし家の周囲には七名の護衛が待ち構えていた。刺客の二人は、玄関から一目散に走り抜けたのはいいが、追手は銃弾を二発だけ発砲した。見事な狙い撃ちである。二発の銃弾は、二人に一発ずつ命中した。辰五郎配下が死体の確認のため近寄ったところ、一人は弾が後頭部に命中し左目を突き抜けていた。そのため、夥しい血が流れ出るとともに、破裂した眼球が干し葡萄のようになって飛び散り地面に散乱していた。もう一人は背中に命中し銃弾は左胸を貫通していた。心臓に命中していたものの心臓の中央ではなく端の方を貫通していた。そのため即死することなく、今ものたうち回って苦しんでいる。

「火縄銃なら、この距離で命中しても弾は貫通しない。腹の真ん中当たりで止まるのだが、洋式銃はすごいぞ。完全に抜けている。さすがに洋式銃はすごい。この銃なら数人まとめて殺すこともできそうだな」

「正太郎。それにしても、お前の射撃の腕は見事だ。生きている人間を撃ったのは今回が初めてなのだろう。」

「はい。でも、実は失敗しました。二発とも背中を狙ったのですが、一発は頭に命中してしまいましたので」

辰五郎配下の者たちは、めいめいが勝手なことを口に出し合っている。ここにいる護衛の者達は皆、幕府陸軍の洋式軍隊の訓練を受けた精鋭であり、銃の扱い方には十分慣れていた。

背中に弾を受けた刺客はまだ生きている。何を言っているのか聞こえないが、介錯を求めているようにも思われる。

「介錯してやるのもいいが、弾が勿体ねえ。一歩遅ければ市之進さんが首を斬られていたのだぞ。そんな連中に情けなど必要ねえ。今日のところは、こいつで首でも斬ることにしよう」

一人の男が、悶え苦しんでいる刺客に向かって鉈を振り下ろした。これを数回繰り返す。鉈を首に七回叩きつけたところで、ようやく首と胴体が離れたのだった。

「慶喜公に手を出そうとするとどうなるか、奴らに思い知らせる必要があるな。こいつらの死体をどこか目立つところへ晒せ」

そう言って辰五郎配下の者達は引き上げた。

翌日になり、見るも無残な死骸が四つ、京都の鴨川沿いに転がっていた。誰もが新選組の所業であると噂した。しかし新選組は、全く身に覚えがないと噂を否定した。新選組の仕業にしては不自然な点もある。なぜなら、死体には銃で撃たれた跡がある。新選組なら主に刀槍で殺すはずである。弾は全て死体を貫通しており一発も体内には残っていない。身に着けていた持ち物は全て持ち去られており、死体の身元を確認するものは何も残ってはいなかった。下手人と思われる者達は、事後処理まで完璧に行われているとしか言いようがない。

会津藩と町奉行所は、とりあえず長州の過激な攘夷派浪士の仕業ということにして調査を打ち切った。京都に潜んでいる攘夷派浪士としては納得できるはずがなかった。だからと言って長州は今、何もすることができない。また、新選組にとっても、何か得体のしれない魔物が京都に棲みついているような気配があり、背筋に冷たいものを感じていた。同時に、市之進の命を狙った者達も、今後しばらくの間は安易に慶喜主従の近辺に近寄ることはなくなったのである。

九　蛤御門の変

長州は池田屋事件において、重要人物を多数殺され、また捕縛された。昨年の八・一八の政変では、それまで担当していた御所内の警備場所を全て奪われ、七卿とともに京都から追い出された。長州としては当然このまま大人しくしているわけには行かない。三条実美ら七卿の朝廷復帰を何度も上伸したものの、全て却下された。京都での失地回復のためには、次は武力に訴えて行動するしか方法がなかった。

元治元年三月、七郎は禁裏御守衛総督という役を朝廷より拝命した。これにより将軍後見職は退くこととなる。禁裏御守衛総督とは御所を警護する役目を負う。この時代、政治の流れの中心は全て京都にある。本来、政治を司るのは江戸にいる徳川のはずであるが、ほとんど用をなしていない。七郎が禁裏御守衛総督に就任したことは、他の大名からすると、将軍が江戸と京都の両方に存在するように見えた。

また、松平容保が務める京都守護職と並んで京都を治める京都所司代に、桑名藩主松平定敬が就任した。定敬は容保の実弟である。どちらも美濃国高須藩主松平義建の実子であり、会津藩および桑名藩に養子として出されていたのだった。ここに、兄弟二人で京都の治安を守るという体制が形成されたのである。

同年七月、長州から約二千の兵が京都へ向かった。率いるのは尊王攘夷の急進的指導者、来島又兵衛や久坂玄端、久留米藩の真木和泉らである。桂小五郎（後の木戸孝允）や高杉晋作らは時期尚早と慎重論を主張したが、来島らの強行論に押し通された。

そもそも真木和泉というのは長州の人間ではない。九州の久留米藩士である。昨年まで真木は、攘夷促進のために偽の勅許を乱発しまくった。このことが孝明帝の逆鱗に触れ、京都から追い払われたのである。前年の八・一八の政変である。そして、真木は七卿を伴い長州へ落ち延びた。それにも関わらず、今度は他藩の兵を動員して京都へ攻め上ろうというのであるから大した男である。

御所の西側、蛤御門付近で、長州藩兵と会津・桑名藩兵が衝突し、戦闘が開始された。一時は長州川が有利に展開し御所内に侵入した。そこへ薩摩藩が救援に駆けつけて形勢は逆転、長州は総崩れとなって退却した。来島又兵衛は銃で胸を撃ち抜かれ死亡、久坂玄端はじめ松下村塾の門下生である入江九一、寺島忠三郎は自害、真木和泉は天王山まで逃げ延びたが、会津藩と新選組に攻められ、最後は小屋に立てこもり火薬に火を付けて自爆した。

七郎は御所内で帝を守る役目をしていた。生まれて初めて甲冑というものを身に着けたのであるが、噂に聞く通り実に重い。テレビの時代劇では、甲冑に身を包む武士が結構激しく、しかも機敏に動き回るのであるが、あのような動作をできるわけがない。ドラマは全てフィクションであることを知った。

容保や定敬は現場で陣頭指揮を執り、帰趨が決した後で帝の側へ戻ってきた。薩摩藩の指揮をとっているのは西郷吉之助（後の西郷隆盛）である。薩摩は、幕府のために戦をしようという考えはない。ただ長州に御所内を牛耳られるのが面白くないため、昨年の八・一八の政変を主導したのである。いずれ裏切って討幕側に回ることを七郎は知っていた。容保に命じ、流れ弾に当たったことにして混乱の中で西郷を撃ち殺すことも可能であった。しかし、それを実行すれば歴史は大きく変わってしまいそうだ。会津の悲劇を抑えるには、西郷をここで始末することも一つの方策かもしれない。しかし、西郷一人を消したところで、この時世なら西郷の代わりが幾人でも出てくるだろう。それに放っておいても、西郷は十数年後に鹿児島で無様な死に方をすることも分かっている。七郎は、取り敢えず今のところは余計なことはしないことにした。

原市之進は、禁裏御守衛総督としての主君に手柄を与えてやりたかった。このまま戦が終われば働いたのは会津、桑名、薩摩、それに新選組と御所を守った他の数藩である。形だけでも禁裏御守衛総督としての活躍または指揮を周囲に示しておきたかった。だが、七郎自身にその気が全くない。むしろ日本人同士が殺し合うことに対し、止めることができない自分に無力さを感じているようである。

市之進は七郎に言った。

「殿、敵は敗走しております。何か一言だけ、お下知を」

そう言われても、七郎は困惑した。

「そうだな。逃げる敵を追うのも何だが、二度と御所を攻めることなどないよう、こうなったら徹底的に後ろからカマケツを掘っておけばいいだろう」

この時、側にいた容保は市之進に聞いた。

「後方から攻めまくることを水戸ではカマケツ堀りと言うのでございますか」

「いえ、私も今初めて聞きました」

「今後、この戦法を我が会津藩に取り入れたいと思います」

この戦は蛤御門の変、あるいは禁門の変と呼ばれた。長州は御所に向けて発砲した。

これには孝明帝も激怒し、直ちに長州を朝敵に指定した。そして、帝は長州を征伐せよという勅許を発し、一橋や会津に与えたのである。また、今回の戦における働きにより、孝明帝からの一橋慶喜や松平容保に対する信頼は絶大なものとなった。

だが、徳川が歴史上、優位に立つのはこの辺までである。長州は多くの人材を失い、幕府方に対する深い遺恨を蓄えた。特に薩摩と会津に対する恨みは普通ではなかった。この遺恨が後に倒幕へと繋がるのであるが、現状では長州一藩では何もできない。しかし、ここから時勢は激しいスピードで展開する。西国諸藩が一つにまとまり、徳川に牙をむいてくる日は、もうすぐそこまで迫って来ていた。

七郎は、御池神泉苑町の若狭国酒井家の藩邸が空いていたため、東本願寺から同所へ移動し宿所としていた。ここの一室に側近の原市之進および渋沢栄一の二人を呼び、話をしていた。

「来年、フランスのパリで万国博覧会が開催される。日本からの一行に渋沢のことを含めておいた。必ず行って来い」

万国博覧会とは、世界中の国々が一か所に集まり、そこで自国の技術や芸術、文化などを発表し合う会である。七郎は、万博の意味を渋沢に説明し、日本人の代表として随行することを命じた。それには、将来、実業家として成功する渋沢に、世界の先端技術や文化を見分させたいという七郎の意図がある。

渋沢は、七郎の心配りに感謝するとともに、万博随行員の一人に入ることを快く承諾した。諸外国の優れた技術を目の当たりにすることができるのであれば、こんなありがたい話はない。急にこのような話を聞き、渋沢は嬉しさで満面の笑顔を浮かべていた。

同時に渋沢には疑問も沸き起こった。

「ところで殿、諸外国の出品を見るのは嬉しいのですが、我が国は一体何を外国に示すのでありましょうか」

「日本人の発明品、芸術品、あるいは日本文化を世界に示す品なら何でもよい。渋沢なら何を展示するか」

渋沢は返事に窮してしまった。

「厠の前に張る綱などは日本人による画期的な発明かと」

「馬鹿。あんなものを紹介したら世界中に日本の恥を示すようなものだ。まだ時間はある。よく考えろ」

七郎は、日本が持ち込んだ作品の何が好評であったかを最初から知っていた。それで、その出展作を出発前の渋沢にそっと教えておいた。さらに七郎は渋沢に命じた。

「パリでは、江戸の瓦版のようなものが毎日配達される。そこには国内だけでなく外国のできごとも記載されている。それを読んで、日本に何があっても絶対に帰ってくるな。日本国内が落ち着いたのを見計らってから帰ってこい。分かったな」

幕府は蛤御門での戦いで勝利を得た。しかし、このまま徳川の安泰な政権が持続するわけではないであろうということは、渋沢にも薄々見当がついていた。だからと言って、ここ一、二年で歴史が変動するとも思えなかった。何故、慶喜公は自分にわざわざ念を押すのか、まるで今後の展開を全て見知っているような今の一言に、渋沢は不思議な思いがした。

パリ万博には、日本代表として御三卿清水家の徳川昭武を中心とした使節団一行が参加した。渋沢栄一も使節団員として随行している。同博覧会には、薩摩藩が琉球を治めていたことをいいことにし、「日本薩摩琉球国太守政府」などというい い加減な名目で幕府とは別に出展していた。そもそも、このような名称の政府など存在しない。全て薩摩の勝手なやり方であり、幕府への当て付けでとも思われる。当然、幕府は抗議をした。しかしながら、薩摩の態度は徳川家のことをせせら笑うだけであり、全く埒が明かない。幕府一行はここで問題を起こすわけにもいかず、歯を食いしばって耐えるしかなかった。

だが、渋沢らが展示した京都の西陣織や清水焼の茶碗、そして生糸は諸外国の人気を得た。さらに七郎が渋沢に耳打ちした出展作は、数寄屋造りの茶屋の中で芸者が煙管をふかし花札に興じるセットである。その光景の珍しさが見る人々の注目を集める結果となり、世界中の大人気となった。それに対して、薩摩藩が持ち込んだ芋焼酎は臭くて誰も口を付けず、顰蹙を買っていた。

十　征夷大将軍

元治元年、京都で蛤御門の変を起こした長州藩の処分のため、幕府は長州征伐を開始する。討伐軍は長州へ向かうのであるが、その前に変の責任者を長州藩自らが処罰し、また藩主父子が謝罪文を出したこと、さらには薩摩藩の西郷吉之助が征伐に消極的であったことなどが影響し、ここで長州征伐は立ち消えとなった。

長州藩では幕府に恭順を決定し、変の責任者を処刑した藩の保守派が完全に藩政を掌握した。長州の復活は完全に途絶えたかのように見えたのであるが、ここに長州藩を生き返させる一人の風雲児が登場する。その名は高杉晋作。松下村塾において吉田松陰の教えを受け、多くの志士たちとともに尊攘運動に加わってきた男である。

高杉は元治元年十二月、長府の功山寺に挙兵し、自らが結成した奇兵隊を率いて下関を占領した。次いで山口を制圧し、翌元治二年三月には萩城に迫り、保守派の首魁であった椋梨藤太を血祭りにあげ、藩の実権を握る。そしてこの年、年号は慶応と改元された。

慶応二年一月、長州の桂小五郎（後の木戸孝允）と薩摩の西郷吉之助の間に薩長同盟が締結される。両者の間に入り、この同盟を実現したのが土佐の坂本龍馬である。この後、長州は薩摩を仲買人にすることで、長崎の武器商人グラバーから新型洋式銃、弾薬を購入することが可能となった。

長州の不穏な動きを察知した幕府は再征討を画策する。いわゆる第二次長州征伐である。そのため徳川家茂は大坂城へ入り、七郎も京都へ滞在した。尾張藩主徳川茂徳を総督として十五万の軍勢が幕府軍として編成された。しかし、幕府軍は兵の人数は多いが戦を知らぬ烏合の衆に過ぎない。しかも、すでに薩長同盟を締結していた薩摩は出兵を拒否、むしろ長州を後方から援助する姿勢を見せていた。

七郎は、最初から第二次長州征伐の結果がどうなるかを知っていた。それを承知で成り行きに任せていたのは、歴史を変えてしまうことが後世にどのような影響を及ぼすのか、全く見当が付かなかったからに他ならない。周防大島での戦いが発端となるこの戦は、長州に侵入する経路である小倉口、芸州口、石州口などの戦いにおいて、幕府軍は連戦連敗する。七郎は、それら敗戦における指揮官の不甲斐なさ、作戦のミスなど史実通りであることを知った。特に、石州口の戦においては、徳川四天王の中でも最強軍団と言われた井伊家が出陣した。七郎は、老中を始め会津の松平容保、側近の原市之進らから、その報告を受けていた。誰もが井伊家が負けることはないものと確信していた。

それに対して、七郎は言う。

「井伊のことを徳川四天王の最強というが、桜田門外では十八人の浪士に襲われ、しかも道端で首を取られたんだぞ。四十七人の赤穂浪士に討ち入られた高家の吉良上野介でさえ、もう少し抵抗してから殺されているだろう。徳川四天王最強がこのあり様なら残りの三天王と旗本、御家人はもっと弱いということだ。これでは徳川も先が見えたというしかない」

そもそも吉良上野介の役職である『高家』というものは、武士であって武士ではないような役柄である。江戸幕府内での儀式や典礼を司るために設置された役であり、大名や旗本らに礼儀や作法を伝授するという仕事を行うものである。戦国の世においては全く価値のない存在であり、江戸時代のような太平の世であるから必要となった役職に他ならない。その高家筆頭であった吉良上野介は、赤穂浪士に討ち入られて二時間の死闘の末に殺された。それに対し、桜田門外の変は十分程度の斬り合いで終わったのであるから話にならない。

井伊家と言えば、戦国時代に勇名を轟かせた井伊直正を始祖とする『井伊の赤備え』

である。全軍が紅色の甲冑で揃えた井伊の軍団は実に勇壮であった。その軍団が庶民の見守る中、畿内を後にして山陰方向へ出陣していった。

七郎は、『井伊の赤備え』の出陣報告を聞いた後、市之進はじめ周囲の者達に言った。

「魚屋やスーパーでマグロや鰹の刺身を買うと緑の葉っぱが付いてくるだろう。あれは、緑色は赤色を鮮明に目立たせる効果があるからだよ。これを赤色に対する緑色の補食効果という」

七郎は、高校の美術の授業で習った色の知識を思い出していた。それに基づき、さらに七郎は言葉を続けた。

「緑色の草木が生い茂る戦場において、あの赤い甲冑で戦場に現れだとしたら一体どうなると思う。敵に射撃の的の位置をより明確に教えているようなものだろう。俺に言わせれば、井伊の赤備えではなく井伊の馬鹿備えと呼んだ方が似合っているぞ」

全て、七郎の言う通りであった。この後、山陰方向の石州口から長州を目指した井伊の軍勢は、壊滅的な被害を出して退却した。

石州口の浜田城下で待ち構えていた長州の指揮官は、大村益次郎という天才的な戦術才能を持つ軍略家であった。その風貌からして長州人からは『火吹き達磨』などというあだ名を付けられていた。大村の相手を見下す言動や、他を顧みない性格は敵も数多く作っていた。しかし、大村を立てた戦の作戦は決して外れることがなく、全て大村の計算通りの勝利を得るのである。後に官軍に敵対する徳川の残党らも、大村の戦略には大いに苦しめられ辛酸をなめることとなるのであるが、それはもう少し先の話である。

第二次長州征伐において、幕府軍が苦戦を強いられている中、その状況を知らされることもなく、将軍徳川家茂は病床の地にあった。家茂は、もともと体が弱く遠距離移動や精神的な圧迫には耐えられない人間であったのだ。それにも関わらず、病気と数々の重圧が積み重なり、家茂は身も心もすり減らしていた。家茂が罹っている当面の病気は脚気である。

七郎は大坂城へ駆けつけた。七郎にとっては、家茂が今日死のうが生きしようが関係はない。問題は次の将軍である。史実通りに、慶喜すなわち七郎が十五代将軍に就任することだけは何としても避けたかった。こんな時に、誰が将軍になったとしても徳川の政権を長続きさせることなどできるわけがない。要するに、ここで徳川幕府の息を止めればいいことだ。その役目は、誰がやっても構わないことだろう。七郎はそう思い時の流れを見守ることにしようと決めたのであるが、できれば家茂のことを助けてやりたいと考えた。家茂は十三歳で将軍に担ぎ上げられ、しかもまだ二十歳である。ここで死んだのでは、あまりにも気の毒だ。

　脚気というものは、そもそもビタミンＢ１の欠乏症により罹るも病気である。しかし、ビタミンＢ１が発見されるのは一九一〇年である。この時代にはビタミンなどという言葉すら存在していない。七郎は考えた。ビタミンは存在しなくとも、ビタミンＢ１を含む食材を食べればいいだけの話である。ビタミンＢ１を豊富に含むのは豚肉である。七郎は新門辰五郎に調達させて豚肉は日常茶飯事食していた。辰五郎とその配下も一緒に食していた。一橋慶喜のことを『豚』と一橋の『一』を掛け合わせて『豚一殿』などと揶揄して呼ばれたのは、これらの食材に起因している。しかしながら、家茂は豚を食さないであろう。それ以外のビタミンＢ１を含む食品と言えば、米糠や麦、玄米であるが、要は主食が白米でなければいいだけの話である。

　七郎は豚を食べるか、主食の変更を進言したが、予想通り側近らから一蹴された。理由は、将軍様に庶民と同じ主食などを提供できるわけがないという、馬鹿げた理由である。慶応三年の七月、十四代将軍家茂は大坂城で死去した。七郎に言わせれば、無知で馬鹿で、さらに面子だけに拘る家臣らによって殺されたのだと思った。

　問題は次期将軍である。当然、七郎にお鉢が回ってきた。この究極の時代において、七郎に対する対抗馬などいるわけがない。幕閣や有力大名、朝廷、側近の市之進らから、熱心な就任要請が殺到した。しかし七郎としては安易に受けるわけには行かない。幕府が消えてなくなることは分かっている。史実では徳川慶喜は謹慎生活の後、静岡で悠々自適な生活を送ったことになっている。しかし、現実も本当にそうなるという保障は何処にもない。もしかしたら、新選組の近藤勇のように斬首される可能性も十分にあるのだ。

　将軍職就任を固辞する七郎に対し、市之進が質問した。

「何故、殿はそこまで時期将軍種の座を拒まれますか」

七郎は落ち着いて返答した。

「この国の上に立った奥州出身の者は、ろくな死に方をしないのだ」

七郎のこの言葉を聞いて市之進は首を傾げた。

「奥羽出身者で天下に号令をかけた者は過去に居りましたでしょうか。仙台の伊達正宗でさえ豊臣や徳川の前には屈したはずですが。」

「これから何人か現れるんだ」

七郎自身は会津の生まれである。つまり東北（奥州）出身である。東北出身の日本の頭首は、ほとんどがろくな死に方をしていない。日本初の政党内閣である岩手県出身の原敬は東京駅で暴漢に刺されて死んだ。同じ岩手出身の第三十代首相の斎藤実は二・二六事件において殺された。さらに、第二次世界大戦後にA級戦犯として絞首刑になった東条英機は、父親の職場の都合上、東京出身となっているが実は生粋の岩手県南部藩士である。そして東条英機のあとを受けて内閣を組織した小磯國昭は栃木県出身となっているが、栃木県で生活したのは生後三か月間のみである。陸軍に入隊するまで全て山形県の学校を卒業した。小磯も戦後ＧＨＱにより戦犯として逮捕されたが、判決が降りる前に獄中で病死している。そう考えると、東北出身の総理大臣というのは誰もがろくな死に方をしていない。布団の上で安らかな死を迎えているのは岩手県出身の米内光正と鈴木善幸だけである。米内は第二次世界大戦開戦時の海軍大臣であったが、三国同盟と日米開戦には最後まで反対の立場をとっていたため戦犯を免れた。だが戦後は公職追放の憂き目に遭い故郷の盛岡で静かな余生を送ったという。それに対し長州すなわち山口県出身の総理大臣は、一人で複数回総理に就任した者もいるため、延べ人数を数えると十三人が総理大臣に就任している。その中で殺されたのは伊藤博文と安倍晋三の二人だけだ。その歴史的事実を見れば、東北出身の日本の頭首はいかに不遇の死を遂げているかは明白であろう。現在、東北出身の総理で生きているのは秋田県出身の菅義偉一人である。菅氏がどのような死に方をするかは分からない。七郎としては、人のことはどうでも良かったのであるが、将軍就任に対する固辞には、東北出身の元首への不幸を感じるこだわりがあったことは言うまでもない。

ただし、長州出身の殺された総理大臣は実に不幸である。伊藤博文が総理大臣であった時の日本は、韓国を日本に併合してしまおうという政策を取っていた。だが、それに対して唯一反対の立場を取っていたのが伊藤である。そうとは知らず朝鮮人の安重根は、唯一の味方ともいえる伊藤を射殺してしまったのだった。安倍の場合は、統一教会との癒着を疑われたため死ぬ羽目となったのである。そう考えると少しは同情できないわけでもない。因みに両名とも国葬である。東北出身の総理大臣に対し国葬が行われた例は一つもないし、東条英機などは遺骨すら存在しない。近年発見された米軍の資料によれば、東条の遺灰を空から太平洋にばらまいたという話である。

市之進が七郎に進言した。

「殿。将軍にならずとも徳川宗家だけは継承したら如何でしょうか。将軍にはならず徳川家当主だけを相続するのです。そうすれば、幕閣内部においても発言権が得られます。殿が以前から望んでいた松平容保の京都守護職の解任も可能です」

市之進の言葉は実に巧みであり七郎を納得させるための見事な言い回しであった。そうまでして市之進は七郎をこの国の頭首に置きたかったのだった。市之進は、この究極の時代を乗り切れる人間は、この人しかいないと頑なに信じ込んでいたのである。

七郎としても市之進の申し出を受け入れる他なかった。一橋慶喜は最後まで将軍就任を固辞し続けたのであるが、最後には徳川宗家のみを引き継ぐことを了承したということが史実であるからだ。

七郎は半信半疑で市之進に質問した。

「だが、実際そんなことが可能なのか。徳川宗家を継承し将軍を固辞するということは、自民党総裁は引き受けるが総理大臣は遠慮するということだろう」

「仰っていることがよく分かりませんが多分大丈夫です。後のことは一切この市之進にお任せください」

結局、七郎は徳川家のみを相続した。したがって、この日より一橋慶喜は徳川慶喜と名を改めることになる。この件については、老中たちも渋々賛同するしかなかった。しかし、実際のところ歴代将軍の中に、徳川宗家のみ継承して将軍の座に就かなかった頭首は存在しない。ここに将軍空位のまま幕府は存続するという、何とも奇妙な時代となったのである。

しかし、鎖国中ならともかく国を開いた今となっては、日本の国の状況がこれでは諸外国の手前、何とも格好が悪い。幕閣だけではなく朝廷内部でも同様の風潮が感じられていた。老中に加え越前の松平春嶽らも慶喜が将軍になることを推奨した。また、特に主君の将軍就任に関して、最も積極的に動いたのは側近の原市之進である。将軍擁立のため、朝廷内部にまで何度も働きかけ続けた。特に公家の中川宮や、幕閣に対し発言力のある松平春嶽にはしつこいほど積極的に説きまくった。その結果、慶喜と会津の松平容保のことを心から信頼している孝明帝が行動を起こした。時は慶応二年の十二月、孝明帝は、勅許を発し徳川慶喜の征夷大将軍宣下を行ったのである。この宣下は傍から見れば一方的なものには違いない。しかし、天皇が発した勅許であるから宣下は有効である。要するに、本人が受けるか否かの問題ではない。征夷大将軍という役職が七郎に着いたということである。十八歳になれば自動的に選挙権が与えられるのと同じことであった。この日、七郎は十五代将軍となる。そして呼び名も一橋卿とか慶喜公ではなく幕臣達からは『上様』と崇められるようになるのであった。それは徳川家茂の死後、約四か月半後のことである。

七郎は、正直なところ今の地位に就いたことに関して、不本意以外の何物でもなかった。周囲の者達に、うまくしてやられたような気がしてならない。しかしながら、市之進がそこまで自分を高く評価してくれたと思うと安易に責める気にはなれない。間もなく、西国より倒幕の軍が押し寄せてくることは分かっている。これにどう対処するかが問題であった。何もせずに放っておけば、歴史通りに徳川は倒れ明治の世が訪れるのであろうか。それとも逆に、先手を打って会津や桑名を動員して、一機に長州を攻めて壊滅させてしまえば明治の世は来ないのであろうか。考えてみても結論は出ない。

七郎は歴史好きであり各時代の歴史的な出来事はよく知っていた。しかし、政治の仕組みや幕閣の配置などに関しては全くの無知であった。七郎が知る限り、幕府の体制は、最上位に大老、側用人、次が老中、その下が若年寄、勘定奉行と続く。さら寺社奉行、町奉行、旗本、御家人などがあるが、その位置づけがまるで分からない。全てを原市之進に頼り、一切を任せるしかなかった。

市之進は、この日が来るのを知っていたかの如く、幕府を強化する体制づくりを始めた。全て七郎に意見を上伸し、将軍徳川慶喜の名で行った。それは政治改革ともいうべき制度の変更が行われた。市之進は、七郎が将軍職を受けるについて、就任前に幕政改革を行うことを老中たちに承認させておいたのである。市之進らしく、実に抜け目がない。

改革の内容は軍制、人材登用など多岐にわたっている。発想は市之進であるが、実施者は全て七郎ということになっており、幕府内部は一新されていった。特に軍制改革については外国式の官僚制度が導入され、陸軍、海軍が個別に設置され、そこに総裁が置かれた。またフランス軍との提携を行い、従来のように旗本が個別に軍役を務めることを廃し、統一的常備軍を編成した。ここまでの幕政改革は見事であるという他ない。

数年前までは攘夷の塊だったような男が、ここまで変わってしまった原市之進について、七郎だけでなく市之進自身も不思議な感があった。市之進は、水戸滞在時は藩校講道館の教師を務め、門弟に勤王の意義を説くとともに、自身は過激尊王攘夷派の志士であった。それが今では開国派であるだけでなく、外国の優れた事象を積極的に取り入れようとしている。さらに、自分の目が黒いうちは、幕府および将軍慶喜に対して指一本触れさせぬという態度で行動した。そのように変わってしまった理由は、市之進が七郎と出会ったことがきっかけであったことに違いない。

これらの幕府内の改革について、密かに倒幕を考える公家や薩長の中心的人物は、心中穏やかではない。これまでに慶喜は何度も将軍候補に挙げられながら、常に退けられてきた。攘夷派の公家や大名、志士たちは、十年前から慶喜の将軍擁立の運動をしてきたのである。ここに来て、それら攘夷派の願いが叶ったことになるはずであった。ところが、攘夷派はこのころより、倒幕を目論んで活動するようになる。そうなると話は変わってくる。倒幕派にとって、最も恐るべき人物が幕府の頂点に立ったことに違いなかった。公家の岩倉具視は「慶喜の行動は果断、勇決ともに軽視できぬ敵」と評した。土佐の坂本龍馬は「将軍慶喜は日本国の救世主」と周囲に語った。また長州の桂小五郎は「徳川家康の再来を見るがごとし」と論じたのである。歴史を動かす中心人物たちは、七郎のことを、このように評価した。しかし、七郎の耳に彼らの言葉が届くことはなかったのは残念なことである。

七郎は、ここ数年の間、江戸へは帰らず京都での生活が続いている。その間、七郎の日頃の生活の面倒を見ている女性がいた。新門辰五郎の娘、お芳である。お芳は、辰五郎に将軍慶喜の役に立つよう命じられたのではあるが、自ら進んで将軍の生活の世話をし続けていたのであった。奉公を始めてかなり長きに渡る。その間に、慶喜公は朝廷より遣わされた女性を妻として娶っていた。それでもなお、お芳は側を離れずに奉公を続けている。慶喜が江戸から京都へ移動する際には、父新門辰五郎が付き従った。そして、お芳も離れずに付いて来ている。

お芳には、どうしても分からないことがあった。ある日を境にして慶喜という人間が一変してしまったことである。かつては性欲の塊のような男であり、美香子様という正室がいるにもかかわらず、お芳の身体を縦横無尽に求めまくっていた。それが何故か、最近全くそれが無くなってしまったのである。家臣らの噂では、慶喜公が塀を乗り越えようとして転倒し頭を強打したらしい。お芳は、慶喜の謹慎中は屋敷への出入りをしていないため、それを目撃したわけではない。しかしその時から、慶喜の行動や言動が変わったそうである。取り敢えずお芳は納得するしかなかった。しかしながら、あの異常な性欲は毎晩あらゆる体位を求めまくり、しかも一晩に三回では済まない。ここまで行くとスケベを通り越して変態の領域である。それが、ここ数年は自分の身体に全く手を触れようともしないのだ。あの変態男が頭を打った程度でそこまで変わるものなのだろうか。お芳は、不思議に思った。

お芳にとって、違和感はそれだけではなかった。何といっても、今までとは比較にならないほど優しいのである。自分のことを気にかけてくれる言葉を毎日掛けられた。もちろん自分の身体には指一本触れようともしない。ここまでくると、お芳としては黙っているわけにもいかず、思い切って尋ねてみた。

「最近の慶喜様は、全ての行為が以前と変わってしまわれました。江戸にいる美香子様のことを考えているのでございますか。それとも私に何か至らぬ点がございますか」

「何もない。京に着いてからというもの、毎日が多忙で疲れている。心配かけて済まない」

お芳の心配事に対し、七郎には返す言葉がなかったが、とりあえずはその場を取り繕った。

お芳に言われて、七郎は江戸に残してきた美香子のことを思い出していた。始めて美香子と二人きりになり会話をした夜、七郎は何を話していいのかわからず、事もあろうに石鹸の作り方の講義をするなど、全く馬鹿げた会話で終わってしまったのだ。もっと別の会話で過ごすべきであったが、今となっては既に後の祭りである。残念としか言いようがない。

十三代将軍家定の正室篤姫は薩摩から輿入れした。薩摩藩主島津斉彬の手配である。十四代将軍家茂の正室和宮は公武合体の政策の証として皇室から嫁いできた。そして慶喜の妻美香子も朝廷の出である。彼女らに恋愛結婚はできないのであろうか。皆、政略結婚の犠牲になるしかないのであろうか。

七郎は、将軍に嫁いでくる女性の境遇をお芳に話した。するとお芳は気丈に答えた。

「それが女の務めでもあり武器なのかもしれません。私なら率先して何でもします」

七郎は、恋愛も自由にできないこの時代の皇室女性の立場を不憫に感じた。

「慶喜様。あまり深く考えないでください。慶喜様の優しさに応えるために私は最後まで尽くしますから。また、私に遠慮することなく美香子様のことは大事にしてあげてください。お願いします」

「ありがとう。よく考えてみると、俺の知る皇室の女性に恋愛結婚をした人がいた。ただ相手の男というが司法試験に二回も落ちたらしい。三回目も落ちるようなことがあれば美香子や和宮の方がまだ幸せかもしれん」

お芳は更に慶喜に質問をした。

「実は、以前から一度お尋ねしようと思っておりました。歴代の将軍様は皆さん、たくさんの側室をお抱えになっておられるのに、慶喜様はどうして側室を一人も置かないのでしょうか」

お芳の言う通りである。この時代では、将軍に限らずほとんどの大名がそうであるように、妻は一人とは限らない。むしろ側室がいない場合が珍しいと言えた。何故ならば、藩主である以上、自分が死去した後の世継ぎの存在は必要不可欠である。また、現代のように医学が進歩していない当時としては、生まれた子供が必ず成人に達するまで成長するという確率は極めて低かったのである。そのため、藩主は一人でも多くの男児を作ることに迫られており、そのために必要な側室の存在であったのだ。

この質問に対し、七郎は何と答えればいいのか、一瞬戸惑ってしまった。

「そうだな。何と言えばいいのか、うまく言えないが。つまりは夫婦は一対一であって当然ということだよ。結婚しているのに他の女に手を出すことを〝不倫〟と言って、実は悪いことなんだ。俺は常にそう考えている。不倫をすると、どんなに偉くて立派な人間であっても人生を棒に振るような時代が間もなく来る」

「そうなのですか。ですが、江戸でも庶民は不義密通をすると姦通罪にという罪に問われて市中引き回しの上、磔ですよ」

「なに？それは本当か。不倫をするのは政治家と芸能人、オリンピック選手だけかと思ったら、この時代にもするやつが居たのか。つまり、いつの時代でも人間のやることは変わらないと言うことかな」

だが、令和の時代で不倫をしたことにより破滅した人間は大勢いるが、死刑になった例はない。そして、お芳は更に続けた。

「しかも妻が不貞を働いた場合、夫はその妻と相手の男を殺しても罪に問われないのですよ」

このお芳の言葉は、歴史好きの七郎ではあったが、初めて知るこの時代の法であった。

「それは素晴らしい。少しばかり溜飲が下がる思いがするな。明らかに不倫をしておいて何もしていないとか一線を越えていないとか平気で言っている国会議員に是非教えてやりたい」

七郎にとっては、美香子もお芳も大事にしておきたい女性であった。また、スマホに撮影して待ち受け画面に設定しておいたことが、唯一の美香子との思い出の証であった。

十一　大政奉還

慶応二年十二月、御所内で異変が起きた。それまで健康上、特に問題のなかった孝明帝が突然苦しみだし病床に着いたのである。吐き気や嘔吐、さらに高熱を発し全身に痛みが走ったという。原因は不明であった。二日目にして、やや小康状態を得たものの、その日の夜には再び苦しみだし、十二月二十五日の夜、息を引き取ったのである。

帝の異人嫌いは周囲の誰もが知るところであったが、最近では諸外国に擦り寄る行為を見せていた。そして何よりも人一倍佐幕派であり、特に徳川慶喜と会津の京都守護職松平容保を信頼しきっていた。だが、このような帝の考えは、倒幕派の公家や薩長の攘夷派にとっては実に都合が悪い。つまり、孝明帝の考えが変わらぬ限り、徳川を潰すことは絶対に不可能なことであるのだ。そんな折の孝明帝の突然死である。あまりにも倒幕にとって都合の良すぎる帝の死であった。当然のことながら、誰もが帝の死因を疑った。岩倉や三条のような過激な公家が毒殺したとしても不思議はない。今の時代であるなら直ちに司法解剖に回され死因を特定されたはずである。しかしながら、この時代にそのようなシステムは存在しない。孝明帝の死は食中毒による死として片付けられたのである。

次に帝の座についたのは、自分では何もできない十五歳の幼帝である。早い話、岩倉や三条らが思い通りに操れる人間が天皇の座に就いたということに他ならない。これからは、岩倉たちが必要とする勅許の発行などは、遠慮なしに行われるであろう。今後、幕府は岩倉、三条らが企む陰謀に対し、どう対処すればよいのか、それが問題であった。

七郎は孝明帝がこの時期に急死することを知っていた。知っていても御所の内部での出来事であり、七郎が守る手立てはない。また、孝明帝はまだ三十代である。生きていれば歴史は確実に変わるであろう。孝明帝崩御の連絡を受け人一倍失望したのは容保であった。容保は、帝にことのほか信頼され、常に暖かい言葉を掛けてもらっていたのである。その帝がこれほど簡単に他界するとはどうしても信じることができなかった。

もともと松平容保は勤王の志厚い人物である。京都守護職の役目は、京の都で攘夷を叫び乱暴狼藉、殺戮を繰り返す不逞浪士を取り締まり京都の治安を維持することにあった。容保は、京都に平和を取り戻し、帝を守ることが自分の仕事であると信じて疑わなかった。そして、孝明帝は容保のその純真な心をよく理解していた。だからこそ容保は今まで守護職を続けることができたのだ。

だが薩長はそんな容保の気持ちを認めはしない。徳川を葬りこの国を自分たちが考える世に変えるために、何が何でも会津とその取り巻きを朝廷に歯向かう賊軍に仕立て上げなければならなかった。そのために、幼くして即位した天皇を操り、いかなる汚い手段を用いてくるか分かったものではなかった。

容保としては、帝が亡くなってしまったことを受け、これ以上は京都へ留まりたくはなかった。七郎としては、今まで京都で頑張ってきた容保を会津に帰してやりたかった。しかしながら、ここまで来るとそう簡単に帰藩を許可できる問題ではなかった。今にも牙をむいて京都へ攻め上ってくる薩長の不穏な動きが手に取るようにわかる。ましてや、今まで会津藩の下、血を流してきた新選組や見廻組を放り投げるわけにはいかない。また、たとえ今会津へ戻ったところで、薩長は会津を目の敵にして若松の城下が灰になるまで攻撃してくるであろう。

七郎は、こうなることが始めから分かっていたから、会津藩の京都守護職拝命を固辞するよう意見したのである。しかしながら、容保はその生真面目な性格が就任要請を拒否できず、最後には受諾してしまったのだった。

土佐藩主の山内容堂は、容保に負けぬほど徳川に対し恩義を感じていた。関ケ原合戦の後、土佐二十四万国を与えてくれたのは、他ならぬ徳川家康である。二百七十年も前のことではあるが、このことだけは忘れまいと常に心に念じていた。会津のように、藩祖が残した『家訓』があるわけではない。容堂一人の考えである。

容堂は、孝明帝の崩御と幼帝の即位を知り、これから起きることが予想できた。これまで鳴りを潜めていた岩倉らが息を吹き返し、幼い帝を操り徳川を追い詰めてくることは確実である。ここまで来た以上、いくら英名の誉れ高い徳川慶喜であっても幕府を生き返らせることは不可能であろう。容堂はそう感じていた。それでも尚、何かいい手立てはないかと常に思案を巡らせていた。

そんな折である。藩政を任せていた家臣の後藤象二郎が、耳よりの提案を持って容堂のところへやってきた。

「殿。薩長の陰謀をうまくはぐらかす上手い方法を思いつきました」

「何かいい方法があるというのうか」

「はい。今幕府が握っている政権を朝廷へ返上してしまうのですよ。いわゆる大政奉還というやつです。さすれば倒幕など必要なくなります。何せ幕府がなくなるのですから」

容堂は少し考えた。そして、その方策が幕府にとって如何に価値ある事かを一瞬にして悟ったのである。

「なるほど、そういう方法があったか。気が付かなかった」

さらに容堂は続けた。

「いきなり政権を返上されても困るのは朝廷の方だ。結局は徳川に頼るしかあるまい。うまくすると今後の政治は徳川や朝廷が行うのではなく、雄藩による合議制による国作りができるかもしれない。それこそが我々が願ってきた今後の政治の在り方だ。そして、徳川とすれば、幕府という名を捨てて実を取ることができるわけだ」

実のところ容堂には、これまで薩長に何かと優先されており、常に遅れを取っていた。今ここで土佐藩の勧めによる大政奉還が実現すれば、幕府と薩長に恩を着せるとともに、一機に自分が政治の中心に躍り出ることができる。容堂にはそんな野望もあった。

象二郎は、書き上げた大政奉還建白書の草案を容堂に手渡したのである。

「象二郎。よくぞこの案に気が付いたな。お前がこれほど優秀な男とは思わなかったぞ。藩の参政を当てたことは間違いではなかった」

容堂からの言葉を聞いた象二郎は、初めて褒められた思いがし、正直嬉しかった。

「ことは急を要する。薩長や急進派の公家どもは、いつ倒幕の密勅を発するとも限らん。上様に草上する前に、まずは老中や松平春嶽らに根回しをする。象二郎も一緒に来い」

容堂らは大政奉還の構想を幕閣はじめ雄藩大名に説いて回った。その結果、松平春嶽や伊達宗城、島津久光などからは好返答を得られた。筆頭老中の板倉勝静は即答を保留したものの、容堂としては今更そんな流暢な態度でいられては困る。容堂は、老中らが居る前に将軍の臨席を促し、大政奉還の建白書を提出したのである。

容堂と象二郎にとっては、将軍の同意を得ることが一番の困難と考えていた。何せ鎌倉幕府が成立して以来、約七百年続いた武家政権の終焉を迎えることになるのである。そう簡単に首を縦に振ることはないと思ったのも無理はない。ところが実際に蓋を開けてみると、将軍は簡単に了承した。

「それこそ最良の方策です」

七郎は何の躊躇もなくそう言った。

幕府がなくなったところで、徳川には四百万国の領地と旗本八万騎とも言われる陸軍兵力がある。さらには十隻以上の軍艦を所有する海軍力もある。それに対し、朝廷には陸兵も一隻の軍艦もなく、わずか数万石の収入しかない。今、朝廷が政権を渡されたところで困惑するのは朝廷だけである。容堂らの説得により皆、そう理解していた。将軍も同様であろうと誰もが信じ切っていた。

確かに老中たちが考えていた通りであることは間違いない。だが、こちらが目論んでいる通りに事が運ぶわけではないことを七郎は知っている。大政奉還が実現し、倒幕の口実が無くなったところで、そう簡単に怯むような薩長ではないことを七郎はよく理解していた。しかし、そんなことを今考えても始まらない。ここは容堂らの提案を素直に受け入れ、史実通りに時間が流れるのを待つことにした。

ここで老中の板倉勝静が進み出た。

「上様はそのような大事を簡単に決めてしまいますが、これを幕府の諸役人、全国の諸大名らのも納得させなければなりません。その点をどうお考えになっておられるか。

「納得させるしかないだろう。さっそく明日、京に在住する幕府役人と在京諸藩の代表を二条城大広間に集めよ」

板倉は尚も食い下がった。

「反対論多数の折は」

「問答無用だ。どうしても幕府を存続させたいと言うのであれば、これまでのような中途半端な体制では話にも糞にもならん。絶対に負けぬ最強の幕府を作るしかない。」

「そのような方策が上様にはおありか。参考までにお聞かせ願いたい」

「そうだな。新選組の土方歳三を俺の養子にして十六将軍にする。武家諸法度を廃止して新選組の局中法度を徳川家家臣の法とする。これでどうだ」

諸侯は震え上がった。新選組の局中法度の恐ろしさは誰もが聞いて知っていた。不逞浪士の前で尻込みし敵に後ろを見せただけで切腹である。こんな法が取り入れられたならば、今の腰抜け幕臣など腹がいくつあっても足りない。

「何を言われるか。征夷大将軍というものは源氏の血筋でなければ継承できません。土方歳三は多摩の百姓の出のはず。権利はありませんぞ」

七郎はせせら笑って答えた。

「徳川は清和源氏の嫡流、新田氏の血を引くなどと語っているが、そんな物はインチキに決まっているだろう。その系図は、徳川家康という狸が、自分が将軍になるために捏造した真っ赤な偽物だ。つまり将軍なんていうものは百姓だろうがイヌ科の動物だろうが、誰でも構わないということだろう」

さすがの幕閣らも顔が青くなり、背筋に冷たいものが流れるのを感じていた。徳川家康というのは江戸幕府を開いた初代将軍であり、親族や家臣達から大権現様と称されている。歴代の将軍だけではなく全ての子孫、徳川家全家臣から神仏のごとく祀り上げられている、その偉大なる人物を狸と呼んだ将軍の子孫は、ここに一人しかいない。

「分かったら、早いところ退散しろ」


七郎の前には原市之進、山内容堂、後藤象二郎の三人が残った。

「容堂さん。実は貴公にお願いしたい事があり、ここに残ってもらいました」

容堂は先の七郎の熱弁に対し、まだ額に汗をかいていた。

「上様から直々の用件とは一体何でございましょうか」

七郎は容堂の後方に控える後藤の方を見て言葉を続けた。

「その前に後藤象二郎さんに一言だけ話があります」

象二郎も容堂同様まだ気が動転していた。今度は何事であろうかと思いながら七郎の方を見た。

「ここにある大政奉還の建白書、見事な内容ですよ。でもこれはあんたが提唱した物ではないですよね。海援隊の武田鉄矢の作ですよね。いや間違えた。海援隊の坂本龍馬の船中八策をもとにして作った草案ですよね。長崎から神戸へ向かう藩船、夕顔丸の中で坂本龍馬が提示した物でしょう」

図星である。象二郎は青くなった。この人はどうしてそこまで詳しく知っているのだろうか。船内であの場に居たのは、自分と坂本と長岡健吉の三人だけだった。将軍の耳に建白書の詳細が届くはずはない。それなのに、将軍は何もかもお見通しだ。象二郎には何がどうなっているのか、合点が行かない。

容堂は、土佐の脱藩者の中にそんな名前を聞いたような覚えがあるが、実際には坂本龍馬という藩士を知らない。

「象二郎。今、上様が申されたことは真実であるか」

自分一人の手柄にすることを目論んでいた象二郎は顔面蒼白であった。冷汗をかきながら返答した。

「いや、その何と申せばよいのか。色々ありましたが、確かに坂本龍馬と自分の二人で夕顔丸の中でこれを仕上げました。武田鉄矢という人物は存じません」

だが、それは嘘である。建白書は全て龍馬の発想であり、象二郎は作成に少し携わっただけに過ぎない。七郎は、象二郎の下手な言い訳など無視し、言葉を続けた。

「容堂さん。先日俺は言ったでしょう。土佐にこれからウルトラマンが登場すると」

「坂本龍馬という男がウルトラ何某という異人とだと申されるのですか」

「異人というより宇宙人と言った方がいい。M七十八星雲という所から舞い降りたこの国の救世主だ」

容堂たち、ここに居る皆は全く要領を得ない。何を言っているのか理解できないでいる。しかしながら、大政奉還の建白書を発案したのは、土佐の坂本龍馬という男によるものであるということは理解できた。

「容堂さん。これが龍馬の功績ということになれば、大政奉還に反対する幕府の人間は面白くないでしょう。しかし、それだけではないですよ。薩長や公家も面白くないはずです。何せ、龍馬が余計な建白書を作ったばかりに、倒幕の口実がなくなってしまうのですから。それに今回の建白書の件だけならともかく、幕府がなくなっても徳川を残すという考えを持つ男に居座られては大いに困るはずです。絶対に殺されますよ。ですから容堂さん。龍馬を守ってください。早ければ今月中に殺されるかもしれません」

容堂と象二郎は、将軍の言うことに一々納得した。確かにそれはあり得ることである。

龍馬の案は、幕府という組織は必要なしとしながらも、朝廷にとって徳川の力は今後の日本において不可欠とするものでであり、徳川に加えて有力諸大名らの合議制による政治を執り行うというものであった。しかしそうなると、徳川の力は他の大名を大幅に凌いでいる。薩長や公家共にとっては、それが不満なのだ。何とか徳川の財力の身を奪い取り、徳川を政治には参加させずに自分たちだけの国を作り上げたい、それが狙いなのである。そのためには龍馬のような思想の持主は、はっきり言って目障りに違いない。

容堂は返答する。

「坂本の件、一切承知いたしました」

そして七郎は、市之進にも言った。

「市之進。守護職の松平容保、新選組、それに見回組にすぐに遣いを出せ。坂本龍馬を殺すなと。それから、龍馬の居場所が分かったなら、俺が是非会いたいと言っていると伝えるように」

市之進は、すぐに遣いの者を各所へ走らせたのであった。

七郎は容堂らに言った。

「それまで犬猿の仲であった薩摩と長州を仲直りさせ、同盟を結ばせたのも坂本龍馬ですから。そうでしょう、象二郎さん」

後藤象二郎はその場に平伏し、しばらくの間、顔を上げることができなかった。

七郎は容堂に対し、この場で是非話しておきたいことがある。

「容堂さんに、もう一つお願いしたいことがあります。今から一か月後に御所内の小御所において国政会議が行われます。それに俺は呼ばれません。それればかりか徳川の官位、領地を全て取り上げて王政復古の号令を行うことを決定します」

容堂は仰天した。

「何を仰せられます。そのようなこと、この容堂がいる限り絶対に奴らの思い通りにはさせませんぞ！」

「容堂さん。無理はしないで下さい。下手に連中に盾突くと今度は容堂さんが殺されてしまいますよ。あいつらは、目的達成のためなら何でもやりますから。孝明天皇を毒殺したように」

今度は容堂だけではなく象二郎も市之進も仰天し、しばらくは声が出なかった。将軍の口から発した言葉は恐ろしさを通り越している。どこにもそんな証拠はない。しかし、言われてみれば一々納得できることなどだ。慶喜や容保を信頼しきっている孝明帝が病死したのは、倒幕派にしてみればあまりにも好都合である。容堂が何をいえばいいのか困惑していると、七郎が容堂に向かって言った。

「あれほど元気だった孝明帝が、ここまでグッドタイミングで病死するはずないでしょう。確実に連中の仕業ですよ。そこで容堂さんに最後にもう一つお願いしたことがあります。詳しいことはこの中に書いてありますが、今から言う俺の話を聞いてください。」

七郎は容堂に封書を手渡し、二人だけで話をするため別室へ移動した。


慶応三年十月十四日、将軍慶喜は、二条城において政権返上を天皇に奏上し、天皇はその翌日、奏上を勅許した。ここに二百六十年続いた徳川幕府は終焉を迎えたのである。十五代将軍の在位は十ケ月間であり、歴代将軍の中では最も短かった。同時に七百年続いた武家政権も終了した。同日、薩長に対し幼帝の名で討幕の密勅が下されていた。その内容は倒幕にあらず討幕と言えるものである。だが大政奉還が実現したことにより、ここに薩長の狙いは外された。幕府は無くなったため、討幕の密勅は何の効力も成さないものとなったのである。

龍馬は、後藤象二郎からの通知で大政奉還勅許を知った。それを聞いた時、龍馬は涙を流したという。理由は、将軍慶喜の決断に感謝するとともに、その時の将軍の心中を推し量ってのものであった。そして、龍馬は慶喜に対して、この方のために一命を投げ打ってでも奉公してみたいと周囲の者達に漏らしたという。

この日から約一ケ月後、龍馬は京都四条通に近い醤油商「近江屋」の二階に潜んでいたところを刺客に襲われ、陸援隊々長の中岡慎太郎とともに暗殺された。享年三十五歳、奇しくもその日は龍馬の誕生日であったという。

歴史は令和の七郎が知る通りに経過している。七郎が、坂本龍馬が刺客に襲われたことを知ったのは、龍馬遭難の二日後のことである。龍馬の身体は頭を大刀で叩き割られ、脳漿が噴き出していたという。

七郎は、中途半端な指示を出すのではなく、はっきり近江屋の名を出せばよかったと後悔した。また七郎は、龍馬遭難の日時は分からなかった。しかし、龍馬が刺客に襲われるのは龍馬自身の誕生日であることを龍馬ファンなら誰もが知っていることである。龍馬が誕生日に京都の近江屋で遭難することを容堂にはっきり言っておけば、龍馬の死は防げたであろう。それを怠ったのは、七郎の手落ちであったかもしれない。龍馬が明治まで生き続ければ歴史が変わることは大いに考えられる。しかし、龍馬の先を見る目と諸外国に向ける広い見識を持ってすれば、決して歴史は悪い方へは向かわなかったはずだ。七郎はそれを確信していた。しかし、今となっては後の祭りである。

果たして下手人は何者であろう。真っ先に疑われたのは、やはり新選組である。その最大の理由は、殺害現場に新選組副長助勤、原田左之助所有の刀の鞘と、隊士の物と思われる下駄が残されていたからだ。七郎には、新選組が命令を無視して龍馬を襲ったとは思われなかった。それに原田左之助と言えば新選組の幹部である。これまでに散々修羅場を潜ってきたにもかかわらず、現場に刀の鞘を置き忘れて帰るような間抜けな行動をするはずがない。ましてや原田は槍の使い手であり、刀より槍で戦うことの方が多い。さらに、現場に遺された鞘が原田の物だと証言したのは、新選組を脱退して御陵衛士を組織している伊東甲子太郎であるというのも胡散臭い。そして、この三日後に伊東甲子太郎は新選組によって惨殺されている。それについても新選組は特に隠し立てはしていない。自分たちの強さを誇示するためにも、別に隠す必要は全くないのである。

時を経て明治三年、京都見回り組が龍馬暗殺の下手人ということになったのであるが、不自然な点が多々あり、現在においても龍馬殺害の実行犯が誰なのかは、確定してはいない。

十二　小御所会議

　大政は奉還されたが、朝廷の委任により政治の実権は徳川が握っていた。諸侯の合議により政治を行うと言っても、財力、軍事力ともに最大の力を有する徳川が中心となる政体になることは明らかである。慶喜の発言力を阻止したいと考える岩倉具視や薩摩藩は、徳川を外した新しい体制を樹立するための政変計画を立てた。そして、慶応三年十二月八日、朝廷は、徳川の官位はく奪と領地の返上、すなわち「辞官納地」を決定し、幕府の廃絶を宣言、十五歳の天皇の名で号令が発令された。いわゆる王政復古の大号令である。ここに名実ともに新政府が誕生した。号令には、将軍の辞職に加え京都守護職および所司代の廃止、摂政関白の廃止、新たに三職会議を置くことが含まれている。三職とは総裁、議定、参与の三つの職であるが、この中に徳川慶喜の名はなかった。すなわち、この時点で幕府は完全に廃絶したこととなったのである。

　朝命による辞官納地の件は、同月の十二日に尾張藩主徳川慶勝と越前藩主松平春嶽により、正式に七郎に伝達された。七郎は許諾した。しかし、辞官納地とは徳川の地位と財産をことごとく奪い取ることである。七郎が承諾しても徳川の不満と反発を考えれば無理難題であることは当然のことであり、事実上、不可能なことであった。

十二月九日の夜から御所内の小御所において最初の三職会議が行われた。後世に伝えられる小御所会議である。山内容堂は、本会議に徳川慶喜が招かれていないことに腹を立て、大いに非難した。そして、徳川慶喜を議長とする諸侯会議の在り方を主張し、それに反対する岩倉具視と激しく言い争い両者とも引き下がろうとしなかった。

小御所会議は結論が出ず一時休憩に入った。会議の次第を大久保一蔵（後の大久保利通）は、小御所の外を固めている西郷吉之助に耳打ちする。山内容堂の圧力に押され途方に暮れていた大久保に対し、西郷は一言こう言った。「短刀一本で簡単にケリがつきもそう」要するに面倒な輩は一息に殺せというのである。会議には越前の松平春嶽はじめ幕臣も多くいる。西郷にそう言われても躊躇するのは当然のことであった。しかし大久保は岩倉に対し、西郷の一言をそのまま伝言した。それを聞いた岩倉は一言「わかった」とだけ答えただけであった。

休憩時間中、容堂は控室内で一人、腰を下ろしお茶を飲んでいた。ここまで徳川慶喜を政権に落ち着けるための説を述べまくり、少々疲れていた容堂である。そこへ岩倉具視が襖を開け一人突然入って来た。突然の登場により一瞬戸惑った容堂であるが落ち着いて質問した。「岩倉殿、突然どうされたか?」岩倉はそれには返答せず容堂の脇に座り、間髪おかずに脇腹にピストルを押し付けたのである。そして一言こう言った。「これ以上、騒ぎまくるつもりならここで命を頂戴仕る。ここで死ぬか、余計なことは言わず大人しく土佐に帰るか、どちらがいい。」普通ならここで震え上がることであろう。岩倉もそう予想していたに違いない。しかし容堂は落ち着いていた。ここまで全て徳川慶喜こと七郎の予言通りだからである。

「殺したければ殺せ。しかし、その前に一言お前に申しておくことがあるからよく聞け」

岩倉はピストルを突き付けられた状態で何を語るつもりなのか、甚だ疑問であるが、死ぬ前に言いたいことがあれば言わせてやることにした。

「徳川慶喜という男、お前たちの手に負える相手ではない。なぜならあの男は天から遣わされた神の使いだからだ。本日の小御所会議に出された新政府の要職に慶喜公の名がないことを、慶喜公は全て知っておった。それだけではない。会議に召喚されないことでさえ前もって知っておった。それを知っておったから自分から病気と称して欠席を自称したのだ。お前らの次の企みは戦の口実を作ることだろう。江戸に無頼者を送り込み散々悪事を働かせ、それに怒った幕兵が薩摩藩邸に攻め込むように仕向ける。既に益満休之助や伊牟田尚平らが江戸に侵入したそうだな。これから押し込み強盗や辻斬り、火付け等をやりまくり幕府を怒らせるというのがお前らの作戦だろう。そして怒った幕府が薩長に対し危害を加えたことを口実にして討幕の偽勅許を作り上げる。実に汚いやりかただ」

岩倉は、動揺した顔を必死で隠して答える。

「何のことか全くわからぬ。江戸で悪事を働くとか討幕の口実とか、いったい何のことだ」

「まだ白を切るか。それなら言ってやる。次に行うお前らの筋書きは錦の御旗だ。錦旗を掲げて自分は官軍、徳川を賊軍にする。そうすることで幕府軍の戦意を奪い、さらには日和見態度の諸藩を味方に引き入れる。そのために必要なのが偽物の錦旗だ。ところが今から七百年以上前に鳥羽上皇が承久の乱に掲げたとかいう錦旗など今はどこにもない。だから想像で適当な旗を作るしかないというのが真相だろう。大久保の妾、確かおゆうとか言ったな。この女がいい加減な図柄を作成し、適当な布に菊の紋章を刺繍して偽の錦旗を掲げる。これがお前ら外道の作戦だ」

岩倉は震え上がったそして押し殺すような声を喉の奥から発した。

「ど、どうして、そ、それを・・」

「だから最初に言っただろう。慶喜公は神の使いだと」

「そう言えば、せっかく薩長同盟が成立し討幕の目途がついたのに、坂本龍馬が大政奉還などという草案を幕府に献上するものだから徳川を葬る口実が消えてしまったのう。まあ今回はこれであきらめるとして、坂本龍馬がこれ以上生存していたのでは今後絶対に弊害を及ぼす。この辺で消えてもらった方がお前たちにとっては好都合だよな。坂本龍馬殺しの黒幕は岩倉、お前だろう！」

容堂は大声で恫喝した。はっきり言って容堂のハッタリであるが、両目をかっと見開いて岩倉の顔を睨みつけたのである。この瞬間、ピストルは岩倉の手から離れ畳の上に落ちていた。足が震えている。さらには汗をたらたらと流しながら容堂を見つめ怯えながら一言こう言った。「な、な、何を証拠にわしを下手人にする。わ、わ、わしは、ただ・・」

「ただ何だ、その続きをはっきり答えろ」

心臓の鼓動がこちらまで聞こえてくるようだ。汗と震えでどうしようもない極限状態に陥っているのがよく分かった。岩倉具視が坂本龍馬殺しにどう関わっているのかはわからない。ただ岩倉は何かを知っているという確証だけは得た。容堂は岩倉が落としたピストルを拾い上げて言った。

「もし、わしがこの場で死ねば今ここまで話したこと、そして今から話すことを慶喜公は国中に全てブチまける手筈になっておる。それでもいいならこのピストルでわしを撃て」

さらに容堂は岩倉に対して止めの一言をブチかます。

「孝明帝を毒殺したのはお前だ！」

「ひぇ！」

そう叫んで岩倉はうつ伏せ状態になり、部屋の外へ出ようと開いた襖の方へ這い出した。しかし容堂は逃がさない。岩倉の襟首をつかみ上半身を畳に対し垂直にした。岩倉は懇願するように声を出した。

「まだ何かあるのか。頼むからもう勘弁してくれ」

「いいこと教えてやる。西郷も大久保もあと十年もせずにロクな死に方をしないであの世へ行く。だが岩倉、お前はもう少し長生きできるぞ。お前が死ぬのは十六年後の夏だ。ただし喉の奥に悪性の腫瘍ができ、痛さと苦しみで床の上で三日三晩も七転八倒してくたばるそうだ」

岩倉は両目をかっと見開き瞬き一つできず焦点も定まらない。そして立ち上がろうにも下半身がいうことをきかず、全身汗だくになり震えている。徳川慶喜が神の使いだという、あり得るはずがない話を信じたくはない。しかし岩倉たちがこれまでやってきたことを容堂は全て言い当てているのだ。そう考えると恐怖心が先立ってしまった。

容堂は更に話を続けた。

「その後のお前の行く所は地獄だ。地獄というところはだな、地獄の鬼に指を一本ずつへし折られ眼球をくり抜かれ舌を引き抜かれる。そして二度と歩けないように踵を切られ、最後に股間にある男のモノを鋸で切断されるそうだ。これを毎日繰り返されるらしい。これが地獄だ。よく見ろ」

容堂は七郎から渡されたホラー映画のパンフレットの切り抜きを岩倉に見せつけた。岩倉は恐る恐る手に取る。そして、今までに触れたことのない感触の薄っぺらな紙に鮮明に描かれた恐怖の画像を目にした。それを目にした岩倉は失禁した。着衣の下半身部分がびしょびしょになるほどの夥しい量の放尿をして気を失った。

「わしは土佐へ帰る。後は勝手にせよ」

そう言って容堂は小御所を出て行った。その後、小御所内は岩倉の放尿による強烈なアンモニア臭に覆われた。そのため会議どころではなくなり、続きは翌日へ持ち越しとなったのである。

容堂は帰りの籠の中でこう呟いたという。「山内家は関ケ原合戦の後、徳川から土佐二十四万石を頂戴した。これで少しはその恩に報いることができただろうか」

岩倉具視は明治十六年の七月七日、喉頭癌でこの世を去った。

戊辰戦争が終結した後、長州の桂小五郎や薩摩の大久保利通は徳川慶喜や松平容保に対し極刑を求めた。しかし、その意見に対し岩倉具視が異議を唱えたため、死一等を減じられ謹慎処分で済んだのである。岩倉がなぜ慶喜らの極刑に反対したのか、その理由は誰も知らない。

十三　鳥羽伏見の戦

武力による討幕を考えていた薩長らによる新政府は、大政奉還により完全に矛先を躱されてしまった。だからと言って、このまま大人しく引き下がっているわけには行かない。革命を起こすには武力討伐しかないというのが薩摩の西郷の信念でもある。そのためには戦を始める必要がある。何とかして戦闘開始の名目が欲しい。そして自分たちが正義軍となるためには、相手が先に戦を仕掛けたということにしたかった。何とも自分たちにとって都合の良い言い分である。

西郷の命により、益満休之助、伊牟田尚平を江戸へ派遣し、薩摩藩邸に素行の悪い浪人や無頼漢共を多数集めさせた。彼らに金を渡し、江戸市中や周辺で散々狼藉を働かせ、治安を乱す行いをさせた。押込み強盗や放火、略奪、暴行、さらには辻切りなどを行うことにより市民を震え上がらせ、徳川の威信を傷つけようという作戦である。

襲撃者は薩摩関係者であることは間違いなかった。西郷は、何としてでも徳川と武力衝突に持ち込みたい。狼藉を繰り返すことにより、我慢の限界に達した徳川が報復行動に出る日を待ち構えているのである。それを見抜いている海軍奉行の勝海舟は、決して挑発に乗らぬようにと、周囲を押し留め続けた。

七郎は、江戸市中での薩摩の乱暴狼藉の連絡を京都で受けた。

「西郷の目論見通り、暴発するのは時間の問題だ。暴力団が抗争のきっかけを作るために鉄砲玉を使う手段だと同じだが、よくこんな汚い手を思いつくものだ。ロシアのプーチンでさえ、もう少しましな理由を言ってウクライナへ侵攻したぞ」

市之進にはよく意味が分からなかったが、薩摩のやり方の姑息さは理解できていた。

「そんなに戦がしたいなら、面倒な手間暇と金を使わずに、とっとと攻めて来ればいいだろう。これでは、先に徳川が薩摩に戦を仕掛けたところで、先に攻めた徳川が悪いと考える奴は何処にいるだろうか。市之進はどう思うか」

「全くその通りでございます。誰もが薩摩のやり方は卑怯と考えます」

「そうだよな。それでも西郷はまだ暴れているぞ。あいつは、これから陸軍大将になる男だ。もう少し優秀な人間かと思ったが、そうでもないらしい。十年後には政府から同じ手を使われて暴発する羽目になるとも知らずにな。もし、西郷が百年後に生まれていたならば偏差値が三十程度の馬鹿かもしれんな」

今の七郎の言葉に対し、市之進は質問した。

「今申されたヘンサチとは何でございますか」

「個人の学力を数値化したものだ。この数字が大きいほど頭が良いとされ、更には優秀な人間と判断されるふざけた数字だ」

「それで西郷の三十というのは頭がいいのですか。」

「猿と変わらん。俺が在学した工業高校でさえ五十近くあったぞ。」

「それは素晴らしい。あの西郷に二十以上の差をつけるとは。さすが上様は優秀でございますな。」

「西郷たちが作る新しい日本は、できることなら偏差値などという人間の基準尺度を必要としない国であってほしいものだ」

十年後、西郷隆盛は薩摩で反乱を起こす。その頃の薩摩は政府の施策に対する不平士族で溢れかえっていた。その不穏な動きに警戒を強めていた政府は、鹿児島にある武器弾薬庫から火薬や弾薬を密かに大阪へ移送しようとした。それを知った薩摩士族は一機に暴発、これが西南戦争の引き金となった。この弾薬移送計画が政府の放った罠だとすれば、西郷はまんまと政府の作戦に嵌ったことになる。つまり、西郷が徳川を陥れるために使った策、すなわち江戸で狼藉を働き暴発を誘うのと同じことを政府が行い、それに西郷が嵌ったということだ。　西南戦争は約八ケ月続いた後、薩摩軍は壊滅、西郷は鹿児島の城山で自決した。

間もなく戦が始まることは七郎には分かっていた。年明けに始まる戊辰戦争は、史実では約一年半続く。どうせ旧幕府軍は負けることになっている。

「少しばかり敵を翻弄して適当に遊んでやるか」

七郎はそう開き直っていた。

七郎は新門辰五郎を呼んだ。

「辰五郎さん。度々お願い事ばかりをして申し訳ない」

「何を言われますか。遠慮なくお申し付けください」

七郎は、令和の世から持って来た「図説日本史資料」の一部分を切り抜いた紙片を辰五郎に手渡した。

「これと同じ図柄の旗を五本、いや五十本。京都の西陣織職人に注文して作ってもらえますか。寸法はここに書いてあります。お金はどんなに掛かってもかまいませんから。よろしくお願いします」

「承知いたしました」

江戸では、西郷の指示を受けた悪漢たちによる暴行がいっこうに治まる様子がない。それだけではない。暴れまくった後は堂々と薩摩藩邸に逃げ込み、いかにも薩摩の仕業であるということを見せつけているのである。そして、ついには市中取締りの庄内藩の屯所にまでおよび、同所に鉄砲を撃ち込み庄内藩士一名を殺したのであった。ここに老中稲葉正邦や江戸市中取締の庄内藩の怒りは爆発、薩摩藩邸を根城にする不逞浪士の討伐を決断する。

十二月二十五日未明、討伐軍は三田にある薩摩藩邸を包囲し、一斉に砲弾を撃ち込んだ。そして、中にいた六十四名を殺害、百十二名を捕縛した。一方、討伐軍は十一名の死傷者を出している。

この知らせを受けた旧幕府軍の主戦派は激昂した。大阪に集結した軍勢は約一万五千、「倒薩の表」を掲げて京都へ進軍することを決定する。もはや、この勢いは誰にも止めることはできなかった。

京都から大坂城へ移っていた七郎のところへ、松平容保や松平定敬、それに老中板倉勝静、若年寄永井尚志ら京都に詰めていた面々が集まっている。旧幕府としては、薩摩のこれまでの非道な行為を訴え「倒薩の表」を掲げて京都御所へ参内し、朝廷より倒薩の勅許を受け取ろうと進軍を開始した。鳥羽街道を幕府陸軍、京都見廻組らを中心に十数藩の佐幕藩兵が進み、会津藩、桑名藩、新選組を中心とする佐幕藩は伏見街道を京都市街へ向かって進軍を開始したのである。

七郎にしてみれば、要は勝てばいいだけの話であるが、旧幕府も薩長側にしても相手を討つ名分である勅許を欲するのである。すなわち勅許をえた方は官軍となり、反対側は討たれる側すなわち朝敵あるいは賊軍となるのである。したがって、その勅許を得るために、どちらも必死なのであるが、七郎にとっては、それが実に馬鹿馬鹿しいことなのであった。

老中の板倉勝静が七郎に言う。

「上様。薩長は御所内で帝を押さえております。徳川討伐の勅許はいつでも発することができるはず。そうなればこちらは朝敵となりますぞ」

七郎は答えた。

「まだ大丈夫でしょう。数の上ではこちらが有利、どちらを官軍にしたらいいのか、朝廷の面々は今頃きっと迷っていますよ。下手に負ける方に勅許を与えてしまったら大変なことになりかねないですから」

確かに七郎の言う通りである。朝廷などは強い方に付いていれば間違いないのである。勅許を与えた相手が万一負けた時は、先の勅許を無効にして、逆に勝った側に勅許を再発行すればいいだけのことであった。それを知っている七郎は周囲の者達にはっきり言ってやった。

「朝廷などは状況に応じて自分の色をころころ変える、カメレオンと同じですよ」

「カメレオンとは亀の一種でござるか」

「異人の名でしょう。確かフランス皇帝がそのような名でした」

「それはナポレオンの間違いでござろう」

各々が思ったことを口に出した。周囲の色に合わせて体色を変えるカメレオンという動物は日本には生息していないため、知らないのも無理はなかった。

慶応四年一月三日、旧幕府軍歩兵を中心とする部隊は鳥羽街道を京都に向けて進軍した。指揮官は大目付滝川具挙である。七郎は、この方面の指揮官滝川具挙という男を知らない。一部隊の司令官を任されるほどの人間であるのだから、それなりに有能であることを期待したのであるが、全くの見当違いであった。

滝川に率いられた部隊は、鳥羽街道を封鎖していた薩摩藩兵と街道上で接触した。ここで押し問答が行われる。滝川は京都への通行を薩摩側へ求め、薩摩側はこれを拒否、この問答はしばらくの間続いている。普通、戦というものは川中島合戦、あるいは関ケ原合戦においてもそうであったように、霧が晴れて敵の姿が見えるとともに双方が攻撃を開始している。それがここではどうであろう。道路上で通せ、通さぬと問答を繰り返したというのである。薩摩を中心とする新政府軍は旧幕府側の半分の兵数しかいない。旧幕府側が積極的に攻撃してこないのは勿怪の幸いであった。その間に薩摩は、この馬鹿な押し問答をしている時間を利用し、密かに兵を旧幕府軍の後ろへ配置した。さらに街道上を縦長になった旧幕府軍をどこからでも銃撃できるように、各所に兵を伏せたのである。

この日の昼前、鳥羽街道沿いの旧幕府軍に対し、十分に兵を配置し終えた薩摩軍は一斉に砲撃を開始した。隊列の各所に砲弾は落ち、部隊は混乱した。旧幕府軍歩兵部隊はフランス陸軍の指導を受けた徳川最強の部隊である。しかも最新の洋式銃を持っている。

それにもかかわらず、全兵士が銃に弾丸を装着していなかった。実はそれも当然のことである。銃弾の装填は指揮官の命令がなければ絶対にできないと訓練の際に徹底されていたのであった。指揮官である滝川は兵に対して、何も指示しておらず、兵の中に銃に弾丸を装填していた者は誰一人としていなかった。それだけではない。馬に乗った滝川の近くに偶然一発の砲弾が落ちたのである。馬は驚いて前足を跳びあげて滝川を振るい落とし、その馬はどこかに走り去った。さらに、落馬した滝川自身も仰天し、部隊を置き去りにしたまま、命からがら一気に逃げ去ったのである。これは立派な敵前逃亡であり、大日本帝国陸軍であるならば銃殺、新選組の局中法度に則れば切腹である。

鳥羽街道に残された旧幕府軍は無残な状況を呈していた。どんなに立派な新式銃を装備したとしても弾が装填してなければ意味がない。まして、指揮官がどこかへ逃亡してしまったのではどう仕様もなかった。後方に陣取っていた京都見廻組の隊士が奮闘したため、一時は薩長軍を追い払ったが、最後には盛り返されて、全軍撤退することとなる。全軍が大阪方向へ向かって撤退し始めた。また、撤退中にも攻撃され多くの人命が失われた。この戦の結果は能無しの指揮官が招いた悲劇と言うべきかもしれない。

大坂城にいる七郎のところへ鳥羽街道の戦況は報告された。後に、滝川具挙は敗戦の責任を押し付けられて蟄居を命ぜられる。しかし、七郎に言わせるならば、こんな馬鹿に全軍の指揮を任せた幕閣にこそ責任を取らせるべきではないのだろうか。常に誰かに責任を負わせて面子だけを取り繕う、そんなやり方は今も昔も変わらない、七郎はそう思っていた。

七郎は、昨年の蛤御門の変の時は、周囲の進言により甲冑を着けていた。しかしながら、あれは重くて動きに支障があり過ぎる。そんな理由で、今回の戦では七郎が令和から一橋家へ着いた時に着用していた学ランを身に着けていた。周囲にはフランスのナポレオン三世から送られた軍服であると偽っておいた。幸いなことに皆が信用したようである。

側に控える市之進が七郎に進言した。

「鳥羽街道沿いは苦戦の模様、しかし伏見方面口は大丈夫でございましょう。ここには会津藩兵と新選組がおります。百戦錬磨の軍団です。兵数も敵の二倍以上、まさか負けることはないでしょう」

「伏見口にいる敵は七連発の新式スペンサー銃を全兵士が持っている。そこへ新選組が刀槍で挑んで本当に勝てると思うか」

市之進は言葉に窮した。同席している板倉勝静や永井尚志も、そのような知らせは受けておらず、ただ今後の戦況に不安を覚えるのみであった。

さらに七郎は言葉を続けた。

「敵の新式銃に大損害を受けるだけではない。敵は戦況有利を理由に、朝廷より徳川討伐の勅許を受けるだろう。錦の御旗が翻るのも時間の問題だ。そうなれば裏切り者が続出する。よいか。彦根、津、淀は確実に裏切る。絶対に近づかないように」

市之進はじめ、側にいた幕閣の者や佐幕派の藩主は呆気に取られていた。七郎の一連の言動である。一体、何を根拠にして裏切る藩の実名まで発した言葉であるのか、それが理解できなかった。それほど、七郎の言葉は各人を動揺させる内容であったのだ。

ところが七郎の言葉は的中した。伏見方面には陸軍奉行、竹中重固を指揮官として、会津藩兵や新選組などの戦慣れした部隊が戦った。会津や新選組の刀による攻撃に対し、薩長は高台から銃砲撃を加えて応戦する。旧幕府軍は多くの死傷者を出しながらも、何度も突撃を繰り返した。結局、薩長の勢いを止めることはできずに退却を開始した。

鳥羽街道での旧幕府軍の敗走、さらには伏見街道でも旧幕府軍は苦戦している。この報を受けた朝廷は、徳川討伐の勅許を発し、薩摩の西郷や大久保、公家の岩倉らに与えた。ここに、薩長を中心とする新政府軍は官軍、そして旧幕府側は朝廷に盾突く朝敵、つまりは賊軍というレッテルを張られたのである。今こそチャンス到来とばかりに、大久保一蔵は岩倉具視と図り、官軍の証であるに錦の御旗を持ち出した。

錦の御旗は官軍、すなわち天皇の軍が掲げる旗である。山内容堂が小御所会議の時に岩倉に言ったように、承久の乱の際に後鳥羽上皇が配下に与えたとかいう記録があるものの、今は残っておらず誰も本物を見たことがない。したがって、この戦で掲げる錦旗は、岩倉や大久保が想像して作り上げた完全なフェイクである。

しかし、官軍の証である錦の御旗には効力があった。伏見方面に展開する旧幕府軍からよく見える位置に三本の錦旗が翻ったのである。旧幕府軍はたちまち戦意を奪われた。何よりも賊軍にはなりたくないという意識は兵たちにもあったのである。

逆に、錦旗を得た政府軍の兵は、自分たちこそ正義であるということを意識し、大いに戦意は高揚した。それだけではない。それまで傍観の立場であった諸藩も続々と政府軍に合流し始めた。また、土佐藩は藩主、山内容堂が、この戦は薩長と会津の私戦と断じ出兵を許可しなかった。しかし、土佐藩は藩命を聞かず、板垣退助や谷干城らが政府軍に呼応して旧幕府軍に向けて砲撃を開始する。それにより旧幕府軍の敗走に拍車がかかった。

津藩の藤堂家は真っ先に裏切り、旧幕府軍に対して銃口を向けてきた。七郎に教えられて津藩の裏切りを知っていた旧幕府軍は、銃弾の届かぬ位置を通過し大阪へ向かって退却した。七郎は、この家の藩祖である戦国時代の武将、藤堂高虎という男が好きではない。生涯、主君を七度も替えており、実に損得勘定に長けた武将である。常に己が得をする人間を主君と仰ぎ、最後に媚びを売ったのが徳川家康である。豊臣秀吉のお陰で城持ちの大名になることができたにも関わらず、家康の下では豊臣家を滅ぼすために家康の手足となって働いた。その甲斐あって、家康から大そうな信頼を得、外様大名の中でも譜代大名と変わらぬ扱いを受けてきたのである。その藤堂家が真っ先に裏切りを果たし、徳川に対して刃を向けてきた。いかにも藤堂家らしい。藩主の遺伝子は三百年間しっかり受け継いでいるようだ。

ところで、徳川家康が天下を手中に収め江戸に幕府を開くことができたのは慶長五年の関ケ原の合戦における勝利がきっかけである。天下分け目の合戦と言われたこの戦は、石田三成を中心とした西軍と徳川家康を中心とした東軍の両軍合わせて約二十万の兵が戦った戦である。最初は一進一退の戦いを続けたのであるが、合戦半ばにおいて西軍に属していた小早川秀秋と数家の大名が突然裏切りを決め西軍に襲いかかったため一機に勝敗を決したのであった。結果は東軍の大勝利である。つまり、家康は裏切り者のお陰で天下を手中に収めたと言っても過言ではない。この関ケ原合戦の後、家康は周囲の者たちに、こう漏らしたという。

「裏切りは嬉しいが、裏切り者は嫌いだ」と。

もしそれが家康の本心であるならば、藤堂高虎のような男を好きになるはずはないし、重宝するわけがない。やはり家康という男は、人を誑かすただの狸親爺であるとみて間違いはない。

淀城は、老中稲葉正邦の居城である。鳥羽街道および伏見街道方面から敗走する旧幕府軍は、背後からの政府軍に脅かされながら西へ落ちて行った。旧幕府軍は、この退路途中にある淀城へ逃げ込んで隊列を建て直せば、まだまだ政府軍に対抗できる力を備えていた。淀城の城主稲葉正邦は、現在江戸に居てここにはいない。しかし、稲葉家の重心らは、錦旗が薩長側に渡ったのを知り、この重臣たちの判断で直ちに裏切りを決定した。そして、旧幕府方が入場せぬよう、城門を閉ざし旧幕府軍に銃口を向けたのである。

七郎が開戦前に放った一言は、ここまで全て的中した。そして、津や淀藩の裏切りを耳にした板倉や永井ら幕閣をはじめ、側に控えている市之進らは仰天した。全く想像できなかった裏切り行為である。それ以上に、全てが徳川慶喜の言葉通りになったことに対して驚きを隠せないでいた。

そして、七郎は皆に言った。

「淀城という城は、豊臣秀吉が自分の妾のために建てた城だろう。秀吉が大阪と京都を行き来する際に必ず立ち寄り、何発もやりまくっただけのスケベ丸出しの城だ。そんな城を相手にしていないで全軍さっさと大坂へ戻れ」

豊臣秀吉は織田信長の妹、お市の方の長女茶々を自分の側室とし、その女に与えた城がこの淀城である。茶々は淀城に住んだことからその後、淀殿あるいは淀君などと呼ばれるようになる。淀君は秀吉の嫡子を出産した。その子が豊臣秀頼であり、大坂の陣において母子ともども家康に殺された。

敗走する旧幕府軍を追って、政府軍は銃撃を加えている。その様子を薩摩の西郷吉之助や大久保一蔵、土佐の板垣退助らは背後から見ていた。最初に西郷が言葉を漏らす。

「勝敗は決し申したな。今日の戦は、我が軍の勝利で間違いないなか」

西郷のその言葉に対し、板垣が西郷に向かって言った。

「それにしても西郷さん。敵の動きが妙だとは思いませんか」

「何が妙でごわすか」

「敵が敗走する道筋ですよ。裏切った藤堂家の銃弾が届かない場所を選んで逃走しているし、また、我軍の攻撃を防ぐのであれば淀城に入り陣を建て直すのが最良の方法のはず。それにも関わらず、敵は淀城を無視して素通りしているのです。まるで津藩や淀藩は裏切ることを最初から知っていたとしか思われない経路を通って移動しているのですよ」

「言われてみれば、それもそうでごわすな。ですが単なる偶然でしょう」

しかし、ここで旧幕府軍、政府軍ともに信じられない光景を目にすることになる。政府軍は、錦旗を背にして敗走する旧幕府軍を追撃した。背を向けて逃げる旧幕府兵は背後から銃撃され更なる損害を被っていた。その時である。大坂方面を目指して走り続ける旧幕府軍兵の顔前に意外な旗が翻った。

大坂城で引き上げてくる兵を待っていた七郎の下へ、新門辰五郎が到着した。

「上様。遅くなり申しわけございません。ご注文の錦の御旗五十本、確かに持って参りました」

旧幕府軍が駆ける先に翻る旗は確かに錦の御旗である。辰五郎が持参した錦旗五十本、政府軍の掲げる三本の錦旗を圧倒するように街道沿いに翻ったのである。旧幕兵は、一瞬新たな敵が現れたかと思い足を止めたが、旗の下に銃卒の姿はない。それを確認すると一機に旗の下へ走り抜けた。それに対し、政府軍は全員が攻撃を止めた。さすがに目の前に翻る錦旗に対して銃口は向けられなかった。しかも本数は約五十本もある。それだけではない。政府軍が掲げた錦旗は、見るからに安物の生地に下手くそな刺繍で菊の御紋を縫っている。菊の印が歪んだ円をしており左右対称でない。それに対し、大坂方面に立った錦旗は、京都西陣織の名職人による見事な出来栄えの旗であった。

旧幕兵はそのまま大坂城へ入城し、政府軍は攻撃を中止し、各隊の隊長の判断により、追撃を止め撤退を開始したのである。

錦旗を見て真っ先に政府軍への裏切りを決めた津藩の藩主は藤堂芋虎である。藤堂家の面々は大坂城方向に別の錦旗が掲げられるのを見て、腰が抜けるほど仰天した。しかもその数、五十本はある。藤堂芋虎はみっともないほどの狼狽ぶりを露わにし、周囲に向かって喚き散らした。

「一体これはどういうことだ。何故、両軍に錦旗が上がるのだ。これでは、どっちが官軍か分からぬではないか」

藩主だけではない。側に控える家臣たちも皆、呆気に取られた。

「数の上では徳川方が官軍だろう。それに徳川の錦旗は高級な西陣織だぞ。薩長側は安物のボロ布にひん曲がった菊の紋章を書いてやがる。これはどう見ても旧幕府側が官軍ではないのか。それに違いない。そうと決まれば薩長側に銃口を向けよ」

そこへ家臣の一人が進み出た。

「お待ちください。すると殿は一度の合戦で二回寝返りを行うということですか。それは前代未聞の行為、殿は過去に例がないことを行うことになりますぞ。そのような藩主は確実に地獄に落ちるでしょう。それでも構いませんか」

「ふん、地獄じゃと?そんな所があってたまるものか。要は勝つ方に味方すれば他はどうでも良いわい」

戦国以来、世渡り上手で通り、さらにはこの戦で裏切りのレッテルを張られていた藤堂家の評判を、この藩主の行為によりさらに評判を落とすことになりそうだ。

その家臣が懐から一枚の紙片を取り出した。

「殿、地獄という所はですな、地獄の鬼に指を一本ずつへし折られ眼球をくり抜かれ舌を引き抜かれる。そして二度と歩けないように踵を切られ、最後に股間にある男のモノを鋸で切断されるそうです。これを毎日繰り返されるとのこと。これが地獄の絵図でござる。じっくりと御覧なされ」

その家臣は、鮮明に描かれた地獄の絵を芋虎に手渡した。七郎が令和から持ってきたホラー映画のパンフレットの切り抜きである。これを見て、この藩主は震え上がった。腰が抜けたように床に座り込み背中を丸めて全身を身震いし始めた。そして家臣たちに向かって喚き散らした。

「お、お、お前たち。よいか、わしが死んだなら殉死は十人、いや百人だ。わしの墓の周りに生き埋めになれ。わ、わかったな。百人だぞ」

こんな主君のために後追い自殺をするような家臣は一人もいない。それにも関わらず、呆れ顔をした家臣たちの前で、一人で動揺していた。まるで裏切り者の末裔がどのようになるのか、自ら暗示しているようなものである。

「天が裏切り者に下す罰でござる。しっかりお受けなされ。また、慶喜公に言わせれば、殿は志村けん以上のバカ殿だそうですぞ！」

「な、何のことだ。ところでお前は最近当家に来た者だな。な、な、名前は何と申す。どこから来た」

「名を千葉誠一郎と申します。新門辰五郎の下、江戸で火消しをしておりました」

ここにも、七郎の手がしっかり回っていた。

旧幕府軍はこの戦に敗れはしたものの、ここから先は死傷者を出すことなく、全軍が大坂城へ入場を果たす。そして、この戦が戊辰戦争の始まりとなった。この後、約一年半に渡り日本は内戦が続くこととなるのである。

十四　大坂城

大坂城の一室である。七郎は老中の板倉勝静、酒井忠惇、それに桑名藩主松平定敬を別室に控えさせ、松平容保と原市之進を側に呼んだ。

「容保さん。今から俺の言うことをよく聞いてくれ。信じるか否かは容保さんに任せる。とにかく騙されたと思っても構わないから最後まで聞いてほしい」

二人は、慶喜の改まった態度を見て、一体何事だろうと思った。敵は明日にでも攻撃をかけてくるかもしれないのだ。まずは全軍を鼓舞し陣を立て直すことが先決ではないのかと思うと、容保らは落ち着かない。

「この戦は徳川の負けです。江戸から西がほとんど敵では勝ち目はありません。今後西軍はどんどん江戸に向かって攻めてきます。そして次はいよいよ会津の番です。特に長州の連中は、今までの経緯から会津だけは許さぬと意気込み、最後まで潰しにかかります。さらに会津には何の恨みもないはずの薩摩も長州に同調し、会津に攻め込んできます。新しい国を作るためには誰かを悪者にし、そこを完膚なきまで叩き潰すことによって革命を成功させる、それが奴らのやり方ですよ。天皇が若年であることをいいことに偽の勅許を連発し、会津を賊軍に仕立て上げるという、これまでの奴らのやり方を見れば分かるでしょう。東北諸藩は会津に同情し、仙台や米沢を中心に同盟を結んで抵抗しますが、西軍の勢いには勝てません。次々と降伏または恭順の姿勢を取っていきます」

聞いている容保らにとって、七郎の言っていることはいちいち的を射ている。だからと言って徳川が負けると決まったわけではない。それに容保は始めから朝廷に歯向かうつもりなど微塵もない。そう思い怪訝そうな顔つきをした。そんな容保の考えを見透かしたがごとく七郎は続けた。

「容保さんがどんなに恭順の意思を示し、それだけでなく東北の諸藩が会津救済の嘆願書を提出しても西軍は一切認めようとはしません。何が何でも会津若松を灰にしてやろうと城下になだれ込んできます」

七郎は敵を決して政府軍とか官軍という呼び方はしなかった。常に西軍と呼んだ。薩長を官軍と呼べば会津は朝敵、すなわち賊軍になるからである。日本史が好きで、この時代の真相を知り尽くしている七郎が、薩長が作った理不尽な歴史など認めるわけがない。

「そこで容保さんに尋ねるが、西軍が会津若松に入るための街道はいくつくらいありますか。」

「普通に行軍できる街道なら十五本くらいかと」

「その街道からの会津の入り口に兵を均等に割り振ったら一か所における兵数はどのくらいですか」

「五百から六百人くらいでしょうか」

「兵力をそこへ分散してしまったなら、とても勝てませんよ。ここが大事です。いいですか、よく聞いてください。西軍は母成峠から攻めてきます」

容保は目を白黒させた。何故なら母成は会津に入るには最も険しい経路であり、行軍には難を極める道だからである。それにも増して、何故そう言い切れるのか、容保には当然納得がいかない。

「上様はいかなる理由から母成から敵が侵入すると言われるのか、その根拠をお聞かせ願いたい」

「だから最初に言ったでしょう。俺の言うことを信じるか否かは容保さん次第だと。それに兵を分散させて負けるなら、俺の言うことに一つ賭けてみませんか。どうで負けるなら一か八か母成峠の防御にかけてみませんか。西軍もまさか全軍が母成に集結していることは夢にも思わぬはず。敵の物見の兵に悟られぬよう旗指物などは一切持たず、塹壕を掘って待ち構えるのです。西軍は二本松を落城させたら直ちに母成峠へ向かうはずです。敵が恐れているのは会津の冬です。南国育ちの奴らにとって雪は大の苦手です。だから何が何でも冬が来る前に決着させようと急いでいるんですよ」

　容保も市之進も少しは納得できた。しかしながら、果たして事はそのようにうまく行くものだろか。とにかくこの賭けは、もし外れた場合その代償は大きすぎる。だからと言って兵力を各所に分散したのでは始めから負けは見えている。容保は、慶喜公の言っていることを何とか自分なりに納得させようとした。それに対し市之進は、これまでの経緯からこの殿の話すことは、時として意外な結果に繋がることを何度も経験していた。確かに容保の言うように、慶喜公の言っていることは何の根拠もない。何をどう信じていいのかが分からないというのが本心だ。しかしながら、まるで先の結果を知っていたかの如く、予測が的中しまくって来たのも事実である。

「容保殿、私の意見でありますが、ここはわが殿の言葉に従ってみては如何かと」

「少し考えさせてください」

容保は即答することはできなかった。

七郎の話はさらに続く。

「母成で西軍を一度は撃退できても、敵はいくらでも増援部隊を送り込んできますよ。遅かれ早かれ若松城下は戦場となります。会津の弱点は小田山です。あそこに砲台を築かれたら鶴ヶ城は穴だらけにされるでしょう。そこでです。先の母成の時のように、敵が大砲を運んで小田山を登ってくるのを前もって山に潜み待ち受けるんです。砲台設置が終わったらそれを奪い、逆にこっちから敵の陣地めがけて砲弾を撃ち込むのです」

容保と市之進は、七郎の能弁さに完全に取り込まれて、瞬き一つせず聞き入ってしまっている。会津には一度も来たことのない慶喜公がどうして小田山の存在を知っているのだろうか、容保は甚だ疑問であった。確かに小田山からは城下が一望できる。かつての領主であった蒲生氏郷や上杉景勝も小田山の存在を危惧しており、戦の際は小田山を敵に奪われることを最も恐れていた。上杉景勝は、関ケ原の戦の際、徳川方が会津に攻め込み小田山を奪われた時のことを考え、城下の西に神指《こうざし》城の築城を始めたのである。

しかしながら、たとえ小田山を敵に奪われたとしても、小田山から鶴ヶ城までの距離を考えれば、そこまで砲弾が届くとは思えない。容保には次々と疑問点が生じてくる。

「西軍が所持するアームストロング砲というのは、小田山から撃てば鶴ヶ城の天守閣を越え反対側の屋敷を破壊することも可能です」

敵は洋式砲を持ち込んでくるならば、七郎の話は大いに信憑性のある話である。市之進も容保も、六年前の薩英戦争において、薩摩はイギリスの艦隊から打ち出される砲弾により鹿児島の城下が焼き払われたという話を聞いたことがあった。

七郎が持ってきた日本史資料集に確かこう書いてあった。アームストロング砲は、一分間に三発の連射が可能で射程距離は発射角三十度で三千六百メートル、敵の指揮官である土佐の板垣退助、薩摩の伊地知正治が陣取る飯盛山《いいもりやま》の麓、滝沢までの距離も丁度そのくらいだ。ということは、三十度の角度をつけて滝沢本陣に砲を向け射撃すれば、敵の司令部を粉砕し大損害を与えることができるということになる。問題は三十度の角度を容保にどう教えるかである。

七郎はリュックの中から電卓を取り出した。事態は切迫しており、もうここまで来たら背に腹は代えられない。二人が見ている前で堂々と百五十年後の機械を操作し始めた。七郎は、数学の授業で習った三角関数を必死で思い出そうとしていた。斜辺の長さを一とし角度を三十度とすると、この部分の長さはいくらになるか。

「殿、いったい何をなされているのですか。その小さな箱は何でござるか」

「少し黙っていろ。今計算中だ。これでも計算技術検定試験三級には一度の受験で合格している。このくらいの数学なら今直ぐに答えが出る」

市之進は、殿はまた意味不明なことを口走り始めたと思っていた。答えは出た。七郎の計算が合っていれば、砲身の長さを一として、垂直高さを砲身の長さの丁度半分の長さで上に傾ければ、発射角は三十度となるのである。七郎はレポート用紙に、アームストロング砲の設置図をボールペンで丁寧に書き、容保に手渡した。容保にとってその紙は今までに触れたことのない薄く滑らかな紙である。また、このような細い字を書く筆を見るのも生まれて初めてであった。

七郎は容保に言う。

「容保さん。会津が負けるにしても、どうせ負けるなら新政府にできるだけ高く会津を売りつけてやりましょう。会津の強さを十分に見せつけてあげましょう」

七郎のその言葉に対して市之進が言った。

「上様、それで会津が勝てばいいのですが、もし最後は負けるようなことになるのであれば、敵に損害を与えすぎると却ってその後の処分が厳しいものになりはしませぬか。」

「逆だ」

「逆とは？」

「俺の考えはある意味、賭けかもしれない。だが、新しい世を作ろうとしている薩長の連中だって、誰もが殺戮を好んでいるわけではない。中には日本の将来のことを大局的に見ている者も少なからずいる。新政府に会津の人材が必要だと考える人間がいることを期待するしかない。今後新たに現れる敵に備えるためにだ」

「新たな敵とはアメリカやイギリス、清国など諸外国のことでござるか」

「それは、ずっと先の話だ。その前に国内に新たな敵が現れる。これから会津に攻め込んで来る連中が新政府の新たな敵だ」

市之進にも容保にも、慶喜は何を言おうとしているのか、全く理解ができなかった。

しかし、今日の慶喜はいつもと様子が違っていることを市之進は微妙に感じ取っていた。

そこで市之進は質問した。

「上様は何故そこまで会津に肩入れなされるのでしょうか。前々から気になっていたことでございます。今日こそは是非その根底をお聞かせいただくことは叶いませぬか。何か我々には話すことができない悩み事をお抱えなのではありませぬか」

市之進は思い切って今までの胸のわだかまりをぶつけてみたのであった。市之進には慶喜の側近として今まで仕え、あらゆる局面を乗り切ってきたという自負がある。しかし、今のように徳川が終局を迎えるか否かの場面において、慶喜の心の内を全て掌握した上で薩長に立ち向かいたいという考えが先行していた。

七郎は返答に困った。全てを話したかった。一橋邸の塀の外側に落ちた時の経緯から今日まで、全てを順序良く説明したかった。しかし、いったい何をどう説明すればよいのか七郎にもわからない。また、説明したところで、その話を誰が信用するのであろうか。今、目の前には会津藩主松平容保と側近の原市之進の二人だけである。老中は別室に控えさせている。鳥羽伏見の敗戦から次々と撤退してきた兵およびその指揮官等は城郭内に屯している。とりあえず、今日は目の前にいる市之進と容保に、話せる部分は話すことにした。

「市之進、それに容保さん。実は俺は水戸の出ではない。会津の人間だ。それに関して、どこから説明したらいいのか俺にも頭の中が混乱していて、何をどう言えばいいのか分からいのが正直な話だ。そこで、詳しい説明は時間をかけてゆっくり話すしかない。今言えることは、安政五年の二月に、一橋邸の塀の外側に倒れていたところを、中根さんに助けられて邸内に運ばれたところから始まったのだ。俺の名前は緑川七郎、高校二年生だ。それがどういう訳か一橋慶喜になってしまった。水戸藩主徳川斉昭の七男である七郎麿は元服して慶喜と名乗った。慶喜が一橋家へ養子に出されて一橋慶喜となる。ところが本者の一橋慶喜と俺が何故か入れ替わってしまったらしい。こんなことが現実にあり得るのかと、俺は散々考えたが、どうも実際に起きているらしい。とりあえず、今話せることはここまでだ。続きは少し時間をもらいたい」

そう言って、七郎は階下の厠へ行くと言い、その場を離れた。

容保にとっては当然信じがたいことであった。市之進にとっても同じだが、今の話が本当であるならいくつかの点において矛盾点が消えるのである。たとえば慶喜公には、意味不明の言動が一日に数回はある。そして、予言したことが妙に当たる。言葉が水戸訛りというよりは奥州訛りが強い。それまでは幕閣の中枢に入り込もうとする意欲が人一倍強い野心家であったのが、最近では全くそれがない。まるで人間が変わってしまったようであった。塀から転落して頭を強打してからだそうだが、治癒するのに時間がかかり過ぎているのではないか。市之進は思考を張り巡らせた。だが答えは簡単に出るわけがない。しばらくの間は、徳川慶喜とこれからも今まで同様に接触し、支えて行こうと市之進は心に決めた。

その時、容保が口を開いた。

「もし上様の言う今の話が真実であるならば疑問があります」

「どのようなことでしょう？」

「上様が慶喜公ではないとするならば、本物の慶喜公は何処におられるのでしょう。そして今は何処で何をされているのでしょうか」

確かにその通りである。本当に別人であるならば入れ替わった本物が何処かにいなければおかしい。

その時、市之進はあることを突然ハッと思い出した。そして容保に言った。

「少し前の話になりますが江戸の火消し、新門辰五郎の配下の者から聞いた話です。何でも大老井伊直弼が殺される一ヶ月程前、暗がりの中で井伊家の家臣、河西忠左衛門をはじめ彦根藩士十数名が若い浪人風の男を取り囲み惨殺するのを目撃したというのです。最初は辻斬りかと思ったらしいのですが、その連中が遺骸をどこかに持ち去ったというのですよ」

この市之進の説明に対して容保が訪ねる。

「それが上様と何か関係があるとでも」

「もし、その殺された浪人風の若い男が本物の一橋慶喜公だったとは考えられませんか」

「何ですと！」

確かに一人を殺すのに十人以上で取りかかるというのも大げさな行動だ。もちろん相手が相当な剣の遣い手であるのであれば話は別である。また辻斬りならば遺骸を持ち去る必要はない。市之進の言う仮説は実に奇抜で面白い発送であるが今となっては確かめることは難しい。


七郎は階段を降り階下の厠へ向かっていた。昔の建築物の階段は、現代の家屋と異なりかなり急である。ここ大坂城も同様であった。階段は、ほとんど梯子と変わらない。また、手すりがなければ足元の滑り止めもない。上り下りには非常に注意を要した。この日、注意して階段を下っていた七郎であったが、ちょっとした足場の踏み違いにより体全体が階下へ転落してしまったのである。轟音をあげて転落し、七郎の身体は階下の床に叩きつけられた。同時に、七郎は頭を強打し、次第に意識を失っていった。

七郎が転倒した時に発した轟音は、階上にいた市之進と容保にもはっきりと聞こえた。それは明らかに階段を踏み外したと思われる音であった。大丈夫であろうかと心配し、二人は立ち上がり階段の方へ走った。七郎が降りたと思われる階段のところへ着くと二人は階下を覗き込んだ。だが、七郎の姿はそこにはない。確かにこの階段を下りて厠へ向かったのを二人は見ていた。ということは、転倒後、何事もなく立ち上がり、そして厠へ向かったと思うのが普通である。それにしても姿が見えなくなるのが時間的に早すぎる。一体、どのような行動をとったのだろうかという疑問だけが二人の脳裏に残った。とりあえず、戻ってくるのを待つことにして、容保と市之進の二人は階上の広間にて待機した。

七郎が転落した場所には、七郎が常に身から離さず側に置き、大事に保管していたリュックだけが放置されていた。

十五　会津戦争

　鳥羽伏見の戦いの後、徳川慶喜はひたすら恭順の意を表し、上野の寛永寺に謹慎し、引き続き水戸へ移動して謹慎を続けた。また政府軍は、徳川が無血開城した江戸城へ入城した。さらに、上野に立て籠もった彰義隊を壊滅させた後、北方へ進撃を開始する。

　長州はこれまで会津から散々煮え湯を飲まされてきており、憎しみは最高点に達していた。何が何でも会津を叩き潰さなければ腹の虫が収まらなかったのである。だが、会津としては長州から恨まれる覚えなど全くない。全て長州自らが招いたことであり、いわば自業自得というものである。八・一八の政変は、長州派の公家どもの勝手な行動が天皇の逆鱗に触れたために起きた事件である。池田屋事件は、長州を中心とした過激浪士達が京都の街に放火し、そのどさくさに紛れて天皇を拉致しようとした。この企みが、事前に新選組に察知されたために起きた事件である。また蛤御門の変は、自身が引き起こした事件のために立場を失った長州が巻き返しを図って起こした戦である。この時は、こともあろうに天皇の住む御所に向かって発砲し、京都を焼き払うような攻撃をしてきたのである。この攻撃に対し、死力を尽くして御所を守り反逆者を討伐してきたのが会津や新選組であった。したがって、長州の会津に対する恨みなどは逆恨み以外の何物でもないである。

しかし、長州は自らのやり方の非を決して認めようとはしない。会津を徹底的に潰すことで自らを正義に結び付けようとしたことは見え見えである。すんなり大政奉還などをなどされたのではとても長州に溜った恨みを晴らすことは決してできない話であった。ところで、薩摩は蛤御門の変の時は会津の味方であった。会津とともに御所を守り長州を追い落としたのである。それが、この変の後に方針転換して長州と同盟を結び、会津に敵対したのである。いわば裏切り行為である。裏切り者というのは自分が行った汚い過去を抹殺したい。薩摩は、会津を完全に叩き潰すことで自らの裏切りの非を消そうと企んでいるのであった。

会津は、藩主容保が京都守護職を拝命してから六年間、京都の治安を守るために身を粉にして働いてきた。そして、これまでに多くの藩士の血が流されてきたのである。それにも関わらず薩摩や長州、公家達は会津を朝敵、逆賊と位置付けた。それは薩摩、長州には先のような理由があるからに他ならない。

孝明帝が死去し次に即位した天皇は十二歳である。とても勅許など発令できるわけがない。だが、この幼帝を担ぎ上げた薩長の面々は、会津を中心とした幕府側の藩に対し追討令を発令した。ここに、会津は名実ともに逆賊、朝敵となったのである。現代において、どんな汚職官僚や悪徳政治家でも、ここまで卑劣な手段を取った例は見たことがない。オレオレ詐欺の犯人でさえ自分の悪行を認めた上で金儲けに走っている。暴力団ですら、もう少し話の筋を通すだろう。だが、これが明治維新の実態なのである。そして、明治以後の学校教育はこういうことを全て隠し通し、薩長側の人物を英雄と称え、会津を反逆者として扱い続けて来た。

会津に帰った松平容保はひたすら恭順を表明した。容保としては痛恨の極みであったことは言うまでもない。しかしここは耐える以外に方法がなかった。だが政府は承知しない。朝敵となった会津を絶対に許すことをせず、討滅へと向かったのである。

ところが。会津に同情し、薩長のやり方に納得しない東北諸藩は、仙台、米沢藩を中心として奥羽列藩同盟を結成して抵抗した。後に北越諸藩もこれに加わり、奥羽越得列藩同盟が完成する。戦場は北方へ移動した。薩長は、表面では攘夷を叫びその陰では外国から洋式銃を買い漁るという悪質なやり方で戦備を拡大してきた。その結果が鳥羽伏見の戦いから始まる戊辰戦争である。数に勝り新式銃を備えた政府軍は、緒戦に勝利を重ねる。日光口、白河城を攻略し、七月には二本松藩との激戦の末、霞ケ城を落城させた。次の狙いは会津である。政府の軍防事務局判事の軍政を担当し、戦の指揮を執る長州の大村益次郎は、会津より先に仙台、米沢を攻略する考えを持っていた。しかし、前線で指揮を執る土佐の板垣退助や薩摩の伊地知正治らは別の考えである。南国育ちの彼らにとっては寒さも敵である。何としても冬が来る前に会津を落としたいと考えた。

大村益次郎、西郷隆盛らは江戸で戦の行方を見守っていた。そこへ薩摩の将、海江田信義が現地の指揮官からの要求を伝えに現れた。

「伊地知殿より兵の増援と銃砲、弾丸の補給要請が届いております」

海江田の申し出に対し、大村が答える。

「その必要はありません。私の計算では特に増援や補給などしなくとも簡単に片が付きます。その催促は無視してください」

大村の口調はいつもこの調子である。相手の気持ちなど全く考えずズケズケ言う。彰義隊討伐の上野戦争の際も、海江田の意見はことごとく大村によって却下された。しかも、大村の言ったことは全て的中したのだから海江田としては益々面白くない。そこで海江田は、今度は西郷に意見を求めた。

「西郷どん。伊地知殿より矢のような催促が来ております。何とかなりもはんか」

西郷は少し考えた。海江田の立場を尊重して、増援してやりたいと考えてはいる。しかし、ここまでの経過と今後の展開を考えれば、少しでも兵や銃弾は節約しておきたい。ここは大村の作戦に任せる他はなかった。

「長州征伐の際の四境戦争、彰義隊討伐の上野戦争、これまでの戦で大村どんの作戦が間違っていたことはなか。増援はやりもはん」

この西郷の一言で、海江田の意見は全て通らなかった。


二本松城を落城させた板垣と伊地知は、次の作戦に入っていた。

「軍防事務局の大村どんの指示では、仙台と米沢攻めが先だと申します。枝葉を枯らせば自ずと根も腐るとか。」

「それは変だ。植物の生体からしても、枝葉が枯れたところで根が残っていれば葉はまた生い茂るだろう。その逆は聞いたことがないぞ。それとも山口のミカンは、葉っぱを取っちまえば来年は木が枯れるのか」

「それもそうでごわすな」

板垣ら前線部隊は大村の作戦案に従わず、会津を落とせば他の東北諸藩は自然と降伏するであろうと予測し、会津攻撃を優先することを決定した。

問題はどこから会津へ攻め込むかである。会津への侵入口は何か所もある。会津が戦力を各所に分散していれば、どこから攻めても大した抵抗はないであろう。板垣も伊地知もそう考えた。板垣は少々遠回りでも行軍しやすい中山峠口、または見晴らしの良い御霊櫃《ごれいびつ》峠からの侵攻を主張した。それに対し伊地知は、最も険しい母成《ぼなり》峠の侵攻を主張した。母成侵攻は最も険しく通路が狭いため、敵の裏をかいたとも言える作戦である。議論の結果、結局は伊地知の案が採用され、母成からの侵攻を決定した。この決定がなされたのは、作戦開始の前夜のことである。

板垣は伊地知ら諸隊の隊長らに向かって言った。

「とにかく、寒くなる前に早いところ片付けて国へ帰ろう。わしは痔が悪い。今朝も大量に出血しおった。痔瘻は寒さには特に応えるからな」

最近の板垣は床几に腰掛けることも苦痛であるほど、痔に悩んでいた。

慶応四年八月二十日、薩摩、土佐藩を中心とし、長州、佐土原、大垣、大村藩など六藩から編成される政府軍約五千の兵が母成峠を目指した。会津に入るには進入路はいくつもある。主要街道を列挙しただけで、東からは母成峠と中山峠、南東の白河からは勢至堂《せいしどう》峠、南からは日光からの会津西街道、南西方向からは柳津《やないづ》口、西からは野沢口など多岐に渡る。政府軍は、会津側がこれらの街道全てを防ぐため兵力を分散するとなると、一か所に配置する兵数は、多くてせいぜい千人程度と見込んでいた。確かにその通りである。主要街道の他にもいくつもの間道があり、それを全部含めれば侵入口は十か所どころではない。

しかし、会津を中心とする旧幕府軍は敵が母成から攻めてくることを知っていた。全て七郎からの情報である。もし、七郎の言葉が出鱈目であったのならば、その時はその時である。そう開き直って他の侵入口を全て空にし、全軍を母成峠に集結して待ち受けていた。会津藩兵に加え東北諸藩からの援軍、北越戦線からの撤退兵、二本松藩の生き残り、幕臣大鳥圭介が率いる幕府伝習隊、それに新選組も存在し、その数は二万数千にまで膨れ上がった。二本松藩が政府軍と激戦を交わしている間に、母成の各所に塹壕を掘りまくり、穴の中や地下、藪の中に身を潜めて敵が来るのを待っていたのである。

大鳥圭介は五百人ほどの兵をわざと敵の目に触れるように配置し、残りは塹壕の奥に隠れさせた。八月二十一日の朝、敵の斥候は濃霧の中、母成峠頂上付近にいる旧幕府軍を発見した。政府軍はまず、母成峠頂上にいる会津兵に向かって砲撃を加えた。会津側も大砲を撃ってくる。思ったよりも大砲の数が多そうだと政府軍の兵たちは感じ取った。新式の小銃で武装した政府軍は、峠の頂上にいる会津軍に向かって突撃を開始した。武器の装備に加え、数の上でも圧倒的に有利だと思って込んでいた政府軍兵士には油断がある。政府軍は頂上に到達した政府軍歩兵は、そこでとんでもない光景を目にした。およそ百メートル先に、穴から出てきた会津軍が立ちはだかり、山上を埋め尽くしているのである。その数は政府軍の五倍、しかも左右には大砲が三段に並べられており、砲口はこちらに向けられていた。砲が一斉に火を噴くとともに、銃撃が開始された。距離が百メートルであれば旧式中でも十分な殺傷力がある。さらに今度は左右の藪の中から切り込んできた一隊がある。新選組である。白兵戦においては、新選組に太刀打ちできる政府軍兵士などいるわけがない。新選組は、大根や芋でも斬るように政府軍兵士を斬りまくった。大砲の数では政府側が上回っていたものの、敵味方が混戦の状態では、誤って味方にも弾が当たってしまう。そのため、お互いに砲撃をすることができない。接近戦では剣客のおおい旧幕府軍が圧倒的に有利である。そうなると政府軍は体制を整えるため、一旦は退却するしかなかった。政府軍は一斉に峠道を下り始める。それを旧幕府軍が追う。逃げる敵を後ろから攻めることほど楽な戦はない。会津側は鉄砲と刀槍をもって後方から散々突きまくった。そのため政府軍の死傷者は、会津側の三倍以上に上ったという。

政府軍敗走の知らせは、直ちに板垣や伊地知のもとへ届いた。二本松藩との戦いでは、激戦ではあったが連戦連勝であったのだが、会津攻めでは初戦で大敗を喫してしまったのだ。これほどの死傷者を出してしまったのでは、再度陣容を立て直さなければならない。特に退却時の損害が大きかったという。かなりの数の小銃や弾薬も敵に奪われたと聞く。

戦況を知らせに来た兵士が言う。

「この戦い方を会津のカマケツ堀りと呼ぶそうです」

「そんなことはどうでも良い！　問題は我が軍が母成から侵攻するということを何故知っていたのかということだ。まさか敵に作戦を漏らした内通者が政府軍の中にいるのではないだろうな」

「それは絶対にあり得ません」

「何故そう言い切れる？」

「母成峠侵攻を決定したのは昨夜です。内通者がいたとしても、知らせを受け各所に散らばっている敵の各部隊が母成峠に全軍が集結するには最低でも五日はかかります。それにあれだけの塹壕を準備するには半月を要します」

さすがに板垣も返答に困った。

「ということは、母成峠から我が軍が攻め込むことに一か八かの賭けをして、その賭けがたまたま当たったということか」

「そういうことになりまする」

「それしか考えられんな。敵の指揮官は、もし賭けに外れたらどうするつもりだったのだろうな。二日後には会津若松城下は灰になっていたぞ。どうも会津の指揮官は相当な博奕好きらしいな。こうなっては仕方がない。まずは次の作戦を立てる。江戸の大村殿へ連絡し急ぎ弾薬と兵の増援を要請しろ」

この時の政府軍の指揮官である土佐の板垣退助と薩摩の伊地知正治は、明治以降それぞれ違った生き方をする。板垣は明治政府の参議を務めるが、征韓論に敗れた際に政府の在り方に疑問を呈して下野。その後は土佐に帰り自由民権運動を展開する。板垣らの運動は、後の憲法発布や国会開設への道を開くこととなった。また、板垣が遊説先の岐阜で暴漢に襲われ腹部を刺された際、血まみれになって吐いた「板垣死すとも自由は死せず」の言葉は有名である。

伊地知も板垣同様、征韓論者であったが、敗れても下野せず政界に残る。西南戦争後、薩摩へ戻り郷里の復興に尽力したという。

母成峠敗戦の報は、江戸の大村益次郎のもとへも届いていた。大村の計算では兵力の増援なしで会津を討伐することが可能なはずであった。ところが、初戦で多くの兵、武器、弾薬を消失したのである。大村は唖然とした様子であったが、すぐに気を取り直した。半面、海江田は顔面に微かな笑みを浮かべていた。

「どうもこの度は、大村さんの思惑通りに事が進まなかったようですな。計算違いでごわすか。増援要請の件はどうする所存か」

大村は、作戦の見込み違いを素直に認めて返答した。

「今回は、私の見込み違いでした。敵がまさか一つの街道に全ての兵を集合させているとは思いもよりませんでした。前代未聞の作戦です。やむを得ません。増援軍を送りましょう。それから佐賀藩所有のアームストロング砲八門、会津へ送って下さい。鶴ヶ城南東に小田山《おだやま》という小高い山があります。頂上へ台場を築き、朝夕構わず一日に千発以上、城へ向けて砲撃を加えてください。私の計算では市街戦をやる前に会津は降伏してくるでしょう」

大村は今度こそ自信ありげであった。


会津は、母成峠の戦いで政府軍を討ちまくった。初戦での勝利を得たことは間違いない。そして、この知らせは奥羽諸藩にも直ちに伝わった。列藩同盟に名を連ねた藩にとっては実に嬉しい知らせに違いはなかった。しかし、会津側はこの地に長く留まるわけには行かない。全軍を母成峠へ集結させたため、会津に入る全ての街道ががら空きなのである。また、政府軍の増援部隊が次々と到着し、その数は母成峠の戦いの時の三倍にまで膨れ上がっていた。

奥州街道を北上してきた政府の増援軍は、中山峠を越え猪苗代へ到着した。猪苗代の亀ケ城を落とし十六橋を渡った政府軍は、戸口原《とのくちはら》で会津軍と交戦した。会津は必死で戦ったが衆寡敵せず敗れ、城下を目指して撤退するしかなかった。政府軍は滝沢峠を下り会津盆地へ到着した。そしてこの日、藩主松平容保に率いられた会津の主力部隊は鶴ヶ城へ入城した。それまで容保が指揮を執っていた場所である滝沢本陣へ、政府軍の板垣、伊地知ら総指揮官クラスが入る。ここから遠方に会津藩の居城、鶴ヶ城天守閣を望むことができた。

秋晴れの空の下に聳える鶴ヶ城天守閣は実に勇壮で美しい。砲撃を加えるのが惜しいと政府軍の兵も感じていた。鶴ヶ城の歴史は古く、最初の築城は南北朝時代まで遡る。蘆名家七代当主である蘆名直盛が築城したと伝えられているが、今見ている天守閣は戦国時代末期、慶長十一年に加藤嘉明が築造した城である。

板垣と伊地知は次の作戦入っていた。

「伊地知殿。ここは大村殿の作戦で行きますか」

「そうでごわすな。明日の早朝からアームストロング砲を小田山へ運びもそう」

大村の指示通り、市街戦に入る前にアームストロング砲を小田山に設置し、鶴ヶ城本丸と城下の家々を破壊し尽すことに決定し、翌日早朝に砲の移送を開始する。設置部隊は約百人で、薩摩と長州藩兵から選抜した。薩摩と長州の二藩で会津若松城下を灰にしようとする目論見である。

しかし、会津側は今回も、敵が小田山へ大砲を設置する作戦を知っている。十六橋、戸口原を突破され、敵が会津盆地に到着する前に、すでに会津藩兵は小田山に登り、母成峠の時と同様に塹壕を掘り、さらに地下に陣地を構築し、藪の中に狙撃兵を隠して政府軍を待ち受けていた。指揮官は会津藩家老の中で最も若い山川大蔵、さらに鳥羽伏見の戦では新選組隊士から猛将と言われた足軽頭の佐川官兵衛、さらには新選組副長土方歳三である。

アームストロング砲とはイギリスのウィリアム・アームストロングが開発し、イギリスの商人トーマス・グラバーが日本に持ち込んだ大砲である。それを佐賀藩が自藩で研究開発して同じ砲を製造し保有した。重さが約二百五十キロであり、小田山頂上まで運ぶのには相当の人力と時間を要した。

山川の作戦では、敵が山上へ向けて行軍する途中に襲撃するのではなく、敵を無事頂上へ辿り着かせ、砲台の設置が完了したところで攻撃を仕掛け、砲弾ごとかっぱらってしまおうというものである。政府軍は、誰一人として小田山に会津の兵が潜んでいるなどとは夢にも思っていない。そこに付け込む隙があった。佐川は、攻撃開始前に屈強な藩士数名を呼び寄せて彼らに指示をした。

「いいか、よく聞け。新選組の土方君らは敵を斬りまくる。お前たちは、敵を四、五人ほど生け捕りにしろ。なるべく根性のなさそうなやつを選べ。大砲を分捕っても撃ち方が分からないのでは話にならん。敵に操作方法を教えてもらうためだ。それに政府軍内の各藩の司令部がどこにあるのかを聞き出すことも必要だ」

早朝から大砲設置のため小田山頂上を目指した政府軍は、昼過ぎに山上に到着した。直ちに砲台設置に取り掛かる。八門の砲口を鶴ヶ城天守閣に向けて設置が完了した。朝から働き通しだった兵たちは、やっと一息つける心地となり、その場に腰を下ろした。疲労で草の上に寝転んでいる兵もいる。

山川は、攻撃開始はこのタイミングしかないことを確信した。全軍に攻撃の合図を発する。同時に会津軍が塹壕や藪の中から次々と姿を現し、休憩中の政府軍に襲い掛かったのである。その数は約千人。敵の周囲は完全に囲まれていて逃げ道はない。しかもこの距離では銃撃するにはあまりにも近すぎた。政府軍各兵士は全員新式銃を携えていたが、発砲できる機会はすでに逸していた。下手に撃てば味方に当たりかねない。土方歳三に率いられた新選組は、母成峠の戦の時同様ここぞとばかりに政府軍兵士を斬りまくった。日本刀が実によく斬れる、首のない死体がそのあたり一帯に転がった。恐れをなした政府軍は銃を放り投げて逃走し始めた。坂を下り降りる政府軍兵士を後ろから刀槍で突きまくる。逃げる兵士を、後ろから槍で突きまくるとともに、まるで野菜でも切るように日本刀で斬殺しまくった。小田山一帯は屠殺場と化し、ほとんど皆殺しである。政府軍本陣では、小田山方向から銃声がするのを聞いたのであったが、特に気にする者はいなかった。こうして会津軍は、政府軍兵士が放り投げた新式銃を百丁、アームストング砲八門、それに砲弾数先発を手に入れたのである。

佐川が選んだ会津藩士らは、指示通りに政府軍兵士を五名、生け捕りにした。佐川や山川、土方らの前に、後ろ手に縛られて座らせられている。すぐに殺されるのかと震えている者もいる。一人の兵士が声を発した。

「会津藩の武士道は日本一美しい武士道であり他藩の模範であると聞き申す。決して捕虜を虐待したい殺したりなどはしないと・・」

その兵士の言葉に対して、佐川はせせら笑った。

「ああ。確かに。だがそれは一年前までの話だ。会津にはそんな武士道があったかもしれん。だが今はお前ら薩長の卑怯な陰謀にはめられて朝敵、賊軍と言われている。お前らのような悪党どもが官軍で、朝廷のために京の都を守ってきた我々会津藩が何故賊軍呼ばわりされなければならんのだ。おかしいではないか。そんな外道どもに対し美しい武士道など笑止千万。今から目に物を見せてくれよう」

それだけ言うと佐川は、部下に斧や鉈、鋸などを持ってこさせた。

「いいか。今からお前らの指を一本ずつへし折り眼球をくり抜き、そして舌を引き抜く。さらに二度と歩けないように踵を切り落とし、最後に股間にある男のモノを鋸で切断してやる。これが地獄のやり方だ。十日かけてじわじわと殺してやるから覚悟しろ」

こう言われた政府軍兵士は仰天した。

「ま、ま、待ってくれ。頼むから待ってくれ」

「何だ、命乞いなら聞かんぞ。それとも今言った順番を逆からやってくれとでも言うのか。よし、それなら聞いてやるぞ。わかった、下半身の切断が先だな。誰か、こいつの下半身を裸にしろ。最初にこの男のモノを叩き斬る」

「ち、違う。聞いてくれ。何でも言うことを聞くから、もっと楽に殺してくれ。頼みます」

ここまで来るとさすがに命乞いはしないらしい。五人全員とも、同じ表情をして懇願している。生け捕る兵士を選んだ会津藩士も見事であった。実に臆病で根性のない敵兵を見つけたものである。これがもし、新選組隊士のような筋金入りの侍であったならば、命乞いなどしないであろうし、隙を見て舌を噛み切って自殺してしまうかもしれない。

　この生け捕った政府軍兵士達に、アームストロング砲の撃ち方を十分に教授させた。また全軍の指揮を執る司令部の場所、長州、薩摩、土佐藩の駐屯場所をはじめ、大垣や佐土原藩の陣地など、聞き出せるものは全て五人の捕虜から聞き出すこともできたのである。捕虜の一人は、現代の役職でいうのであれば政府軍の庶務の役を請け負っていた。その兵士は各藩の陣所割り振りを担当しており、各藩の所在地を実によく記憶している。会津藩にとっては、実に都合のいい人材を生け捕ったものと言えた。

砲撃の準備は整った。小田山の政府軍が全滅したことを敵に悟られる前に攻撃を開始しなければならない。そうでないと敵が攻めてくる。山川は容保から委託された図面を取り出し、弟の山川健次郎に渡した。山川健次郎はこの時十五歳。維新後、ドイツ留学を果たし物理学の研究を修め、その権威となる。後には東京帝国大学の総長にまで昇り詰める人物である。健次郎は数字に対する直観力に長けていた。大砲の向ける角度、先端位置を決めることにより目標に弾丸が命中するというこの設計図に大いに興味を持った。そして、この数字のカラクリは一体どこにあるのか、機会があれば是非学びたいとこの時に強く望んだ。

七郎が書いた図面通りにアームストロング砲の方向と角度を設定した。八門全ての銃口は滝沢本陣に真っ直ぐ向けられ、砲弾を装填した。最初の一弾は、弾着を確認するため一発ずつ順番に次々と発砲した。全てが本陣内のどこかに命中した。屋根が吹き飛び大穴があくのをしっかり確認することができる。七郎の描いた図面は実に正確で見事なものであった。これには砲撃した会津側の兵士も感嘆してしまった。

健次郎は戦争が終わったなら、是非この図面を描いた人物に会って、この算術を教授されようと心に決めた。そのためには、何が何でも生き残らなければならない。主君のため、会津のために死ぬことも大事であるが、健次郎には今、将来に向けて生への執着心が沸き上がっていた。

滝沢本陣には板垣や伊地知ら指揮官が常駐している。また、陣内に詰めている兵士らが遅めの昼食を摂っている最中であった。そこへ八発の砲弾が着弾した。轟音とともに屋根や柱が吹き飛ぶ。運悪く体に命中した兵士は全身が吹き飛びバラバラになるか、上半身と下半身が真っ二つに分断した。

この時、痔の悪い板垣は厠から出てきたところであった。今日も出血が激しい。弾着があったのは、板垣が厠の入り口に張った綱を跨いだ直後のことである。幸い直撃ではなかったが、至近弾が板垣のすぐ側で炸裂した。そして、板垣の身体は十メートル近くも吹き飛ばされた。吹き飛ばされた場所で、数人の兵士がちょうど食事の最中であった。

ものすごいスピードで飛んでくる板垣の身体を避けている余裕はない。一人の兵士が、思わず箸を持った手を前に出したのが不幸の始まりだった。握っていた箸の先端が二本とも、板垣の肛門にまともに突き刺さったのである。板垣は、グエッとガマガエルがトラックに踏みつぶされたような声を喉の奥から発した。そして、今排出したばかりの大便が混ざった血の海の中、激痛によりほとんど気を失いかけながら七転八倒して転げまわった。この砲弾は一体どこから撃ってきているのか、全く分からない。おそらく、鶴ヶ城内から発砲しているのであろうと誰もが考えた。

板垣は生と死の間を彷徨する境地の中、周囲の誰にも聞きとれないような小声で一言だけ発した。

「板垣死すとも痔瘻《ぢろう》は治癒《ちゆ》せず！」

そう言って板垣は気を失った。だが、板垣に箸を突き刺した兵士は、よほど腹が減っていたらしい。板垣の尻から抜いたその箸を使って黙々と飯を食べ続けていた。

小田山では山川らが次の照準を定めていた。政府軍の捕虜から聞き出した諸藩の敵陣の位置に砲口を向ける。そして、目標を目掛けて次々と発砲した。アームストロング砲の有効射程距離は三千メートル以上である。鶴ヶ城の天守閣を飛び越え、向こう側の陣地まで十分に届いた。旧幕府軍には、これだけの威力を持つ大砲は存在しない。

二日間で全弾撃ち尽くし、その数は約千五百発にも達した。だが、大砲の破壊力は凄まじく、敵の陣地に加え、城下の一部までも破壊してしまったのである。そのため、ここに一つの悲劇が生まれた。敵陣や城下にある屋敷など各所で火の手が上がったため、戸ロ原から徹夜で敗走してきた少年兵たち二十名の判断を狂わせたのである。後世に伝わる白虎隊の悲劇だ。白虎隊は兵士の中でも最も若い十六、七歳の部隊である。藩校日新館に学ぶ少年たちであり、藩主護衛の任務を受けて前線に出陣していた。戦に敗れて山中を彷徨し疲労は限界に達していた。それに加えて食料が手に入らず、一昼夜ほとんど飲まず食わずの行軍である。また日新館での教育は厳しく、皆が夜遅くまで学問に励んだ。そして、暗い中でも書物を読むことを怠らなかったため、どいつもこいつも眼が悪く近眼である。そんな悪条件が幾重にも重なり合い、不幸な結果を生んだのであった。彼らは、飯盛山で見た城下の火災を鶴ヶ城天守閣の火災と見誤ってしまったのである。絶望した少年らはここに覚悟を決めた。後に奇跡的に蘇生した一名を除き、ほぼ全員が鶴ヶ城東部の飯盛山にて自刃して果てたのであった。

全弾討ち尽くして弾が無くなれば大砲に用はない。政府軍はいずれまた、増援軍を送り込むとともに大砲、弾薬を補給してくるであろう。次は十分な兵力を蓄えて攻めてくることは間違いない。その前に、ここを退去する必要があった。後は、この五人の捕虜をどうするかである。見方が撃ち込まれるアームストロング砲の威力を捕虜たちは目の当たりにしていた。五人とも、死は覚悟していたが、政府軍の情報と砲の操作法を敵に教えたということから、わずかな望みを持っていた。

山川は捕虜に向かって言った。

「安心しろ。逃がしてやる。しかし、ここに攻めてきた政府軍が全滅したのにお前たちだけがオメオメ生きて帰ったのでは何を言われるか分からないだろう。よし、俺が添え状をしたためてやろう。分かるか、これが会津の美しい武士道というものだ」

そう言って山川は捕虜に一通の封書を託した。

「これを、お前らの上官に渡すがよい。きっと悪いようにはされないだろう」

五人は、安心感から満面の笑顔と見せ、会津武士の取り計らいに対して何度も礼を言いながら、山を下ったのである。

山川が渡した書状には次のような内容の文が記載されていた。

「征討軍　板垣退助殿
お預かりした捕虜五人、この者達のおかげでアームストロング砲の撃ち方、貴軍の総司令部始め諸藩陣所の位置、砲撃の的を全てご伝授いただいたもの也。お礼に貴藩の律義なる藩士の命は取らず丁重にお返しする次第である。

会津藩家老　山川大蔵」


滝沢本陣へ戻った五人は、到着するとすぐに板垣に書状を手渡した。そして会津藩士から受けた丁重な恩義を受けたことを嬉しさあふれる表情で説明した。だが、読み終えるとすぐに板垣の顔色が変わる。この者達が余計なことをしたため板垣はアームストロング砲の直撃を受けたのである。そして肛門に箸を差し込まれた上、黄金色の大便と真っ赤な血液の中でのたうち回るみっともない自分の姿を思い出していた。それにもかかわらず五人は捕虜を解放した会津藩の美しい武士道を満足そうに報告しているのだ。許されるはずがない。五人は即刻首を刎ねられた。

政府軍から奪ったアームストロング砲の砲弾を全弾討ち尽くした山川以下約千人の会津藩士らは、直ちに山を下り鶴ヶ城への移動を開始する。移動するに当たり、弾が無くなったアームストロング砲ではあるが、政府軍に返す必要などない。粉々に粉砕して放置した。

この時、新選組の土方歳三は山川が手にしている一枚の紙を目に留めた。山川が持っている紙は、たった今撃ち終えたアームストロング砲の設置図面である。土方にはそれに対して記憶に引っ掛かるものがあった。図面の内容に対してではない。土方の記憶にあるのはその紙と筆跡である。確かに以前何処かで目にしているものに相違ない。そうだ、あの時に新選組の屯所に届けられた書状と同一の紙ではないか、土方は鮮明に思い出した。薄く柔らかい紙に真っ直ぐな横線が入っている紙である。七郎が持っていたレポート用紙である。山南敬助が言うには、この細い文字はペンという西洋の筆で書かれたものらしい。その書状には升屋喜右衛門こと古高俊太郎の正体と尊攘浪士らの企てが記されており、この密告により池田屋事変が発生し多くの浪士が殺された。だが、この池田屋での新選組の活躍により、京の都が火の海になることが未然に防がれたのである。

土方には、会津藩の人間があの時と同じ種類の紙を何故持っているのか、全く納得が行かなかった。そこで土方は山川に対し尋ねた。

「山川殿。今、手にされている書面はどなた様から渡されたものでございましょう」

山川は直ぐに答えた。

「ああ、これでござるか。これは主君容保公から手渡されました。異人が持つ筆で書かれておりますが、このような柔らかい紙は初めて手にしました。おそらくはこれも西洋の紙ではないかと」

「すると、その文字は容保公が書かれたものでござるか」

「いや、それは違います。我が殿は達筆でござる。このような子供が書いたような下手くそな字は書きません」

「では、どなた様が書かれたでしょうか」

「それは、当方には分かりませぬ。殿は寡黙であり何も言われませんでした」

この書面は七郎が殴り書きしたものであり、確かに下手な字である。それに紙面の隅の方にアルファベットやアラビア数字が小さく殴り書きされており、このような西洋の文字と思われる字を容保公が書いたとは到底思われない。では一体この書状は一体どこから来たのであろうか。謎は深まるばかりであった。ただ一つだけ言えることは、池田屋の時も今回の小田山においてもそうであるように、この紙に書かれたことは会津や新選組にとって常に有効に活かされており、内容は全て的中しているのである。また母成の戦の際にも作戦は見事に当たっている。また、鳥羽伏見の戦の際も、敗れはしたが敵側に裏切る藩を最初から裏切る藩を知っていたかのような采配が取られていた。土方は、旧幕府方に対しては何か途方もない力が何処からか得られているような気がして仕方がなかった。だが、土方にはそれ以上の詮索は無理であった。

新選組の土方歳三は、会津には留まらず、援軍の要請のために米沢へ転戦することを山川らに告げた。別れ際に、土方は会津藩士らに向かって丁寧に頭を下げて言った。

「会津は最後まで我々とともに戦ってくれました。地下に眠る近藤勇局長も感謝していることと思いますよ」

その後、土方は函館五稜郭の戦まで戊辰の役を戦い抜き、翌年の五月に戦死することになる。この日、山川が見た最後の土方の姿であった。

城に入るには政府軍の前面を通過しなければならない。敵が進軍を阻めば当然斬り合い、または撃ち合いになる。戦えば味方にも被害が出る。夜中にこっそり移動する方法もあるがそれも危険であり、その前に敵が先に攻撃を仕掛けてくる可能性もある。そこで山川は一計を講じた。会津には、彼岸になると仏の供養のために踊る『彼岸獅子』という獅子舞がある。山川は、付近から笛や太鼓、獅子の面をかき集め獅子団を結成した。その獅子団を先頭にしてお囃子を演奏しながら、山川の隊は敵の面前を堂々と通り抜けて行ったのである。政府軍は、この様子をどこの藩かも分からずに呆然と見送ったという。城に到達すると城門が開かれ、全兵士が城内に一機に駆け込み籠城した。敗軍となった会津において、今でも伝えられている痛快なエピソードの一つである。

小田山の件は、江戸の大村のところへも報告が来た。この報を受けた時、大村は桂小五郎と会談中であった。連絡を持って来たのは、桂と同じ長州の伊藤俊輔（後の伊藤博文）と井上聞太（後の井上馨）の二人である。今回ばかりは大村も顔色が変わった。母成峠の時に続いてまたも会津にしてやられたのである。自分の予測が二度続けて外れた例はこれまでに一度もない。むしろ一度だって外れたことがなかったのだ。一体全体どうなっているのだろうか。今日は幸いにして薩摩の海江田信義はここにいない。もし、いたならば溜飲の下がる思いで大村に対し、捲し立てたことであろう。

伊藤は、受けた知らせを詳細に大村へ報告した。

「敵が襲撃してきたときには、すでに小銃が使えぬほどの接近戦になっており、会津藩士や新選組に斬りまくられ、さらに下山して逃げようとした兵士たちは後ろから刀槍で散々突きまくられたそうです」

「そうか」

「これを会津ではカマケツ掘りと呼ぶそうです」

「そんなことはどうでも良い！　問題はどうして敵は我軍が小田山へ大砲を運ぶことを知っていたかということだ。まさか内通者がいるのではないだろうな」

「それはあり得ません。あんな利用価値のない山に政府軍が登ってくるとは誰も考えないでしょう。それに、千人の兵が隠れる塹壕を掘るにはどう考えても二ケ月以上の期間が必要です」

確かに伊藤の言う通りである。大村が佐賀藩所有のアームストロング砲を小田山へ運ぶことを命じたのは、母成峠の戦の後のことである。つまり、会津はそれ以前に政府軍が小田山へ大砲を設置することを既に予測していたということになる。こんな話は信じられるわけがない。だが現実にその予測は的中しているのである。大村は、いずれにせよ会津には恐ろしいほどの戦の勘を持つ軍師がいるように思えた。

　大村は桂に向かって言った。

「桂さん。今回は敗れましたが、遅かれ早かれ会津は間もなく降伏するでしょう。この戦が終わったならば、会津藩の指揮官らを一人も殺さずに江戸へ連れてきてほしいのです。是非、会って確かめたいことがあります」

大村のその一言に対し今度は井上が質問する。

「賊軍に対し、一体何を確かめるのですか」

「次の戦に必要な人材が会津には眠っているかもしれないのだ」

「次の戦というと、清国やロシアのような外国との戦でしょうか」

井上のこの質問に対し、大村は首を左右に振って答えた。

「外国相手の戦は、その先だ。政府が次に戦をする相手というのは、今、会津を攻めている連中のことだよ」

伊藤と井上には、大村が何を言っているのか全く理解できなかった。しかし、桂だけは大村と同じことを考えていた。今度こそ、大村の言う予想は的中するであろうと桂は直感した。

「桂さん。私はあんた方が、これからどんな国を作ろうとしているのか何も聞いちょらん。だが、おおよその想像はつく。そのためには、将来この国の役に立つ人間は残しておいてほしいのですよ。それがたとえ賊軍の将だとしてもです」

大村はそれだけ言うと部屋を出て行った。その後の大村は、政府の幹部となり軍務官知事に就任する。その際に兵制改革をあまりにも急いだため、反対派の刺客に襲われ殺される。したがって、大村が望んだ会津藩の指揮官との会見が実現することは残念ながらなかった。遭難して死ぬ直前の大村の最期の言葉は「四斤砲をたくさん作っておけ」であったという。

戊辰戦争終了後、大村の予測は的中する。政府が明治以降に取った政策というものは、版籍奉還、廃藩置県、地租改正、廃刀令、四民平等、富国強兵など多岐に渡る。しかし、維新の原動力は武士である。ところが、武士は維新後に士族と改称され、それまで維持していた武士の特権を取り上げることとなった。したがって、明治政府の様々な政策は、当然のことながら士族たちから大きな反発を誘発した。そして、各地で士族の反乱が起きる。その全てが討幕に向けて戦った藩の士族によるものであった。薩摩の西郷が起こした西南の役を最後に、士族の反乱は終息するのであるが、それはここから十年先のことである。

江戸から送られた政府軍の援軍が続々と会津に到着した。新たに小田山へ運ばれたアームストロング砲により連日連夜、鶴ヶ城は砲撃に晒される。そして、今にも天守閣が崩れ落ちる寸前まで破壊された。また若松の城下も戦火に晒され、各所に火の手が上がる。政府軍兵士の乱暴狼藉は実に非道であった。武家屋敷や民家を問わず侵入し、金目の者は片っ端から奪い取る。さらに殺人や暴行は藩士、町人に関係なく行われた。

会津には援軍の見込みがなく、また兵糧が尽き始めた頃、容保はついに降伏し開城することを決心した。七郎の時代では、会津が降伏したのは九月二十二日とされている。しかし、七郎の画策により一ヶ月半ほど長く抵抗し、鶴ヶ城へ白旗が掲げられたのは十一月六日のことであった。

この後、新政府は暦を太陰暦から太陽暦へと変更する。旧暦の九月二十二日は新暦の十一月六日であることに気づいた者はこの時点では皆無であった。

十六　令和へ帰還

会津の秋は彩色豊かである。木々の葉が紅葉に彩られると、山も谷も赤く染まり、見る人の目を和ませてくれる。ここ数年は新型コロナへの感染を押さえるため、誰もが外出を自粛していた。それでも福島県内随一の観光地であるこの地には、それなりの人出がある。特に今年は、規模は縮小したものの恒例の会津祭りが復活し、市民に喜びを与えていた。

百五十年前の戊辰戦争において、会津若松の城下が戦火にまみえたのもこの季節である。家屋は灰になり、市民は略奪や暴行を受け、多くの人民の血が流された。その苦しみと屈辱から立ち直ってきたこの城下町には、他に類を見ない強さが備わっている。十年前の東日本大震災により受けた風評被害に対しても、市全体が観光収入の復活に取り組み、徐々に元の活気を取り戻してきた。会津人ならではの努力の成果である。

市の中心部に位置する県立会津若松工業高校は、今日も平常通りの授業が行われているちょうど今午前の授業が終了し、これから昼休みに入るところであった。この学校では、小中学校のような給食はない。しかし、昼休みの時間帯のみ、業者が来校しパンや飲料の販売を行っている。販売場所は生徒昇降口付近に設置されており、連日購入する生徒が列を作る。そして、今日も多くの生徒たちが売り場に並んでいた。

このパン販売場所のすぐ脇に階段がある。パンを買う生徒たちは、その階段に背を向けるようにして売り場に並んでいた。どこの学校にでもあるような、ごく普通の階段である。その階段において、ある一人の生徒が足を踏み外したのであろうか、上の方から勢いよく転がり落ちてきた。たまたまそれを目撃していた生徒は、上から何か黒い塊が回転しながら降って来たように見えたという。落下してきた生徒は、パン売り場に並んでいた生徒、男女数人をなぎ倒して止まった。倒された生徒は、一体何事かと思い周囲を見渡している。誰も怪我はないようだった。

「一体何があったんだ」

「誰かが階段から落っこちてきたみたいだぞ」

「北朝鮮のミサイルが学校に命中したのかと思ったぜ」

「真っ昼間からドジを踏むやつもいるもんだな、まったく」

勝手なことを口にし、転倒した生徒の安否確認など二の次の生徒もいるようだ。生徒は脳震盪を起こしたのだろうか、全く動かない。だが、血は出ていないし怪我はないように見える。

「ところで、こいつ誰だ。誰か知っているか」

その時、後ろで見ていたひとりの生徒が指をさして声を発した。

「この人、知っているよ。工業化学科二年の緑川七郎君だ。間違いない」

「工業化学科二年なら担任は原先生だ。誰か連絡しろ。頭を打っているかもしれない。取り敢えず保健室へ運ぼう」

七郎は、数人の男子生徒によって保健室へ運ばれた。そして、ベッドの上にそっと寝せられた。七郎は大坂城の急な階段で足を滑らせ、そのまま階下へ転落したはずである。その時の七郎は頭を強打し、意識を半分失いかけていた。しかし、柔らかい布団の上に横にされたようであることは、遠のく意識の中で何となく分かった。しかし、痛いのは後頭部だけではない。腰や膝にも鈍痛が走っている。しばらくの間は動くことも目を開くこともできなかった。

どのくらい時間が経ったのだろうか。七郎は静かに目を開けた。まだ頭の後ろの方がズキズキ痛む。部屋の中はこれまでになく明るい。天井も壁も真っ白である。大坂城にこんな部屋があったのかと七郎は不思議に思った。光が眩しく、七郎は再び目を閉じる。

その時、誰かの声がするのを聞いた。

「緑川君、目が覚めた？」

七郎は目を開けた。そしてゆっくり上体を起こす。七郎はそこに、確かにかつて見慣れたものを見た。天井に蛍光灯が光っている。窓にはガラスがはめ込んである。

「これって、まさか・・・」

すぐには声が出なかった。

「まだ寝ていていいよ。無理しないで。外傷はないし軽い脳震盪をおこした程度みたいだから、救急車は呼ばなかったからね」

七郎は、そう話す養護教諭の女性の先生の姿を見た。久しぶりに見る顔で、すぐには名前が出てこなかった。

「あのう、ここは何処でしたっけ」

「学校の保健室よ。」

「それと、今の時代は何でしたっけ。慶応じゃありませんよね」

「緑川君、どうしたの。令和四年でしょう。頭を打って少し変になった？」

七郎は思い出した。この先生は保健室の中村先生である。学生時代は七郎と同じく陸上競技部に所属し、ハードルの選手であったらしくスタイルがいい。しかも性格がざっくばらんで大変話しやすい先生だった。以前、七郎が練習中に怪我をして足から血を出して保健室に行った時も、「この程度の怪我なら足に唾でも付けておけ」で済まされたことがある。そう考えると、中村先生ならば脳震盪程度で救急車など呼ぶわけがない。おそらく、たとえ頭から血を噴き出したとしても、中村先生なら「唾でも付けておけ」の一言で終わったことだろう。石頭で物事を杓子定規でしか考えられない教員よりも、このくらい砕けていた先生の方が生徒にとっては話しやすい。

「今、担任の原先生を呼んでくるからね」

そう言って、中村先生は部屋から出て行った。

七郎は意識を完全に取り戻した。周囲を見渡してみたが、間違いなく幕末の大阪城内ではない。ということは、七郎は再びタイムスリップをして令和の時代へ戻ってきたということだ。鳥羽伏見の戦の際は、ナポレオン三世からもらった軍服だと周囲の者達に偽って学生服を着ていたので、その服装のまま戻って来ることができた。もし、蛤御門の変の時のように甲冑を着けていたら大変なことになっていただろう。七郎は胸をなでおろした。七郎が幕末の江戸や京都に居たのは一年や二年ではない。そうなると顔は老けているのではないだろうか。そう思い、恐る恐る部屋の隅にある鏡を覗いてみた。七郎がガラスに水銀を挟んだ現代の鏡を見るのは久しぶりのことである。鏡には間違いなく高校二年生の七郎の顔が映っていた。七郎は一先ずほっとした。しかし、安心するのはまだ早い。七郎が、歴史を捻じ曲げてきた部分も多少ある。何か変わったことはないだろうか。歴史が変わっているということはないのであろうか。もし七郎が鳥羽伏見の戦の後、令和の時代へ戻ってきたということは、幕末に徳川慶喜が突然消えていなくなったということである。そうすると、徳川の処分はどのようになったのであろうか。

史実では、慶喜は船で江戸へ帰り、上野寛永寺で謹慎する。官軍となった政府軍は東海道を進軍し、その後の江戸城は無血開城する。慶喜はその後、水戸で謹慎して更に静岡へ移動したはずである。戊辰戦争は、上野での彰義隊戦争、奥羽越列藩同盟との戦を経て、最後に函館五稜郭戦争をもって終結する。そこに徳川慶喜の存在がないとすれば、新政府は旧幕府に対してどのように対処したのであろうか。

今の七郎には不安と興味が混同していた。だが、いずれにしても七郎自身が令和の時代に戻ってきたことだけは確かのようだ。官軍によって謹慎させられることも、ましてや殺されることなど間違いなくあり得ない。そう思うと安心感と同時に、今までの疲労感が一機に出てきた。

原先生が入室してきた。会うのは本当に久しぶりのことである。昔と全く変わっていない懐かしい原先生だった。さっそく話をしたいのであるが、間違っても「お久しぶりです」と挨拶するわけにもいかない。すると先生の方から声を掛けてきた。

「話は聞いたよ。階段で足を滑らせて転がり落ちるとは災難だったな。それで大丈夫か。病院へ行かなくともいいのか」

「少し後頭部と腰が痛みますが、もう大丈夫です」

「家の人に迎えに来てもらっても構わないぞ」

「はい。では念のためそうします。先生、家に電話をしたいのでスマホを充電しても構いませんか。」

七郎は、江戸のいるときも京都にいる時も、制服の内ポケットの中に、常にスマホと充電器を常に入れておいたのである。校則では、校内での携帯電話の使用は禁止されている。今日は先生の許可をもらい、コンセントを借りて充電させてもらった。何年間も使用していない機械である。故障していないという保障はない。とりあえず、少しの間だけコンセントに差し込んだままにしておいた。

七郎は原先生に恐る恐る質問した。

「先生、その、何て質問すればいいのか難しいのですが。会津は戊辰の役で勝ちましたか、それとも負けましたか」

原先生はいきなり変な質問を浴びせられて目をキョロキョロさせた。

「七郎お前、頭を相当強く打ったみたいだな。どうした急に。会津の人間なら誰でも知っているじゃないか。残念ながら敗北だ。それがどうかしたのか」

「負けたのは何月何日ですか」

「九月二十二日だろう。鶴ヶ城に白旗が掲げられた日だ。この日が会津の終戦記念日かな。ははは」

原先生は面白いことを言う。世間一般で言う終戦とは、日本が連合国に無条件降伏をした一九四五年の八月十五日である。だが会津は九月二十二日に苦杯を舐めたことを糧にして今の発展を遂げのだと考えれば、この日こそが会津の終戦記念日にふさわしいのかもしれない。

「あ、それから白虎隊はどうなりましたか」

「士中二番隊の話か。奇跡的に蘇生した飯沼定吉を除く十九名が自刃して果てた。そうだろう、忘れたのか」

「先生、それから最後にもう一つだけ。鳥羽伏見の戦の後、徳川慶喜はどうなりましたか」

「船で江戸へ逃げ帰り、その後は上野寛永寺を経て水戸で謹慎したよ。その間、勝海舟の尽力で江戸城は無血開城、慶喜は静岡に移り最後は東京で亡くなったはずだ。確か大正の始めまで長生きしたよ。七郎、一体どうしたんだ。日本史通の七郎なら百も承知のことじゃないのか？」

「あ、いや、そのう、さっき頭を打ってから何か少し変な感じがして」

七郎は苦笑しながら、慌ててその場を取り繕った。

歴史は何も変わってはいない。七郎がタイムスリップする以前と全く同じである。ということは、松平容保は七郎の話を信用せず、何も対策を取らなかったということだ。そして後世の歴史通りに、会津は敗戦に敗戦を重ねて敗れたということに違いない。新政府に対し、会津の負けを少しでも高く売りつけようとした七郎の目論見は外れてしまった。

何といっても不思議なことは、鳥羽伏見の敗戦後の徳川慶喜のことである。七郎が令和の時代に戻ってきたということは、大阪城内から徳川慶喜が突然いなくなったということではないだろうか。それにも関わらず、今の原先生の話では、史実通りに慶喜は大正時代まで生き続けている。一体これはどういうことなのだろうか。七郎は、どうしても納得することができなかった。

「七郎。すまんが先生は次の時間、授業があるので一度失礼するよ。家の人と連絡が着いたら、いつ帰っても構わないからな」

そう言って原先生は退室した。

室内一人になった七郎は、更に思考を巡らせた。七郎が再びタイムスリップして現代に戻ってきたにもかかわらず、徳川慶喜は明治時代を生き続けていた。ということは、七郎に代わって新たな慶喜が現れたということになる。慶喜に瓜二つの顔をした人間が七郎のほかにもう一人居たということであろうか。だが、そんな偶然は到底考えることはできない。あるいは、本物の慶喜がどこかに存在しており、偽物の慶喜が消えていなくなったことをいいことに、徳川家当主に返り咲いたということはないだろうか。もし、そうだとすれば本物の慶喜は十年もの間、一体どこで何をしていたのだろうか。七郎はあらゆる可能性を模索してみたが、結論に達することはできなかった。


しばらく時間が経過した後、懐かしい顔には違いなかったが、特に会いたくもない先生が入室してきた。生徒指導の長富先生である。

「緑川。階段で足を踏み外したんだってな。災難だった。気を付けろよ。大丈夫か」

「はあ。特に何ともありません」

「そうか、それは良かった。だが喫煙の場に同席したことによる謹慎は謹慎だからな。分かっているよな」

この先生は、七郎にわざわざそんなことを言うためにやって来たのだろうか。だとしたら、余計なお世話だと七郎は思った。

長富先生は七郎のスマホを見つけて言った。

「お前、こんな所で携帯の充電なんかしては駄目だろう」

「家に電話をして迎えに来てもらうために充電していたのです。原先生から許可はもらいましたよ」

だが長富先生は、充電器から七郎のスマホを外しその画面を見た。七郎のスマホの待ち受け画面には、七郎と美香子の姿が映っていたのである。

それを見た途端、長富先生の声は俄然大きくなる。

「お前、これは何だ。長襦袢に日本髪を結った女と布団の上でくっついているじゃないか。これは誰だ。そうか、分かったぞ。これは栄町にある『お座敷サロン歌麻呂』とかいうピンクサロンだろう。お前、高校生の分際でこんな店に出入りしていたのか」

七郎は、一方的に捲くし立てられ返す言葉がない。

「違いますよ、先生。これには訳があるんです」

確かに深い訳がある。だが、理由を説明したところで理解してもらえるはずがない。七郎自身も何をどう説明すればよいのか全く分からなかった。

「とにかく、それ返してください」

七郎は、先生が掴んでいる自分のスマホを取り返そうとした。

「だめだ。これはしばらく預かる」

二人は、返せと返さないの言い合いで、もみ合いになってしまった。二人の体がもつれ合い、一方が転倒しそうになったその時である。長富先生のポケットから財布が床に落ちたのである。そして、財布の中から少量の小銭と、それにカード類が数枚、床に散らばった。

「あ、先生、すみません。俺、拾います」

七郎は、さすがにこの行為はまずいと思ったようだ。散らばった先生の持ち物を拾い上げようと、床に膝をついた。

「緑川、拾わなくていい！　自分で拾う。あっちへ行っていろ」

「そういう訳には行きません。俺の責任ですから」

「大丈夫だと言っているだろう！　手を出すんじゃない！　引っ込んでろ」

今度は、さっきまでの奪い合いから遠慮し合いに変わっていた。

七郎は、落ちたカード類の中から一枚の特にカラフルで目立つカードを手にした。そこには、こう記されていた。

『会員証
お座敷サロン　歌麻呂
江戸情緒漂う当店で美女と貴方の二人、素敵な夜を
会津若松市栄町一丁目　十八時まで入店の方は二割引』

「先生、何ですかこれは。これ先生のでしょう?」

「馬鹿。今そこで拾ったカードだ。俺のではない!」

「だって、裏に会員氏名が書いてありますよ。長富周平って」

「違う。暇だったから自分の名前を書いてみただけだ! 俺は知らん。絶対に知らんぞ」

「拾得物に自分の名前なんか書いたら、それこそ犯罪じゃないですか」

長富先生は実に痛いところを突かれた。

「とにかく俺はこんな店知らん。本当に何も知らん!」

それだけ言うと、長富先生は部屋から出て行ってしまった。


七郎は、自分のスマホの待ち受け画面を見ていた。故障していなかったことは嬉しい限りである。そこには、あの時に撮影した美香子と自分が確かに映っている。ということは、さっきまで七郎が幕末の日本で生きていたことは夢ではなかったということだ。タイムスリップなどというにはＳＦ映画の中だけの話だと思っていた。まさか、自分の身に起きるとは夢にも思っていなかった。しかし、このことを誰に話しても信用されるはずがない。取り敢えずは、七郎の胸の中にしまっておく他にやりようがなかった。

だが、美香子はその後、どのような人生を歩んだのであろうか。七郎の知る限りでは、慶喜夫婦はともに静岡で生活をしたはずである。しかし、七郎は令和へ戻ってきてしまった。ということは、明治に徳川慶喜は存在しないということだ。美香子は元々、皇室の女性である。いくら将軍の妻とはいえ殺されるということはないだろう。その後、美香子はどうなったのか、七郎としては非常に興味のあることであった。

しばらくして、授業を終えた原先生が入室してきた。

「七郎、まだ居たのか。頭は痛むか？」

「もう大丈夫です。今まで長富先生と話をしていたので家にはまだ電話していないんです」

「そうか。実は、その長富先生に今そこで会ったばかりだ。それで、七郎の謹慎は白紙にするそうだ。つまり無しにするということだ」

突然の話に七郎は驚いた。

「どういうことですか」

「つまり、喫煙の場に同席していたのではなく、七郎がトイレに行ったら、たまたま丁度そこで二人が喫煙していたという事にするそうだ。簡単に言えば、七郎としては避けることができない不可抗力だったと判断するそうだ。どういう心境の変化かは知らんが、生徒指導部長がそのように決定した。それでいいだろう」

「そうですか、わかりました」

別に長富先生に感謝するわけではないが、一応無罪になったことは嬉しかった。七郎は、幕末にタイムスリップした時も、一橋邸での謹慎生活からスタートした。戻ってきてからまで、謹慎生活からスタートさせられたのでは堪ったものではない。

「上野と西川の二人はどうなるのですか」

「さすがにあの二人は白紙にはできないだろう」

改めて言う必要もなく、当然のことである。

さらに原先生は七郎にもう一つの用事を持って来た。

「それから七郎。今、お前にお客さんが見えている。応接室に通してあるから会ってから帰ってくれ。何でも東京から見えたらしい。渋沢家の顧問弁護士と言っている」

渋沢と言えば、例の渋沢栄一の関係者であろうか。七郎にとって、渋沢という姓には渋沢栄一以外に心当たりはなかった。パリ万博の随行員としてフランスへ行かせて以来、一度も会ってはいない。その後、帰国してから実業家として大成功したことは知っている。だがそれは、今から百年以上も前の話である。その渋沢が現在も生きているわけはない。ということは、渋沢の子孫に繋がる人物であろうか。七郎は、とにかく会ってみることにして応接室へ向かった。

応接室にはスーツ姿で年齢四十歳前後に見える理知的な顔つきをした男性が待っていた。原先生は、もう一時間の授業があるため、同席できなかった。その男性は七郎の姿を見ると椅子から立ち上がり、七郎は名刺を渡された。

「緑川七郎君でしょうか」

「はい、緑川と申します」

「実は私、渋沢記念財団の顧問弁護士をしております鈴木と申します。今日は、突然の訪問、申し訳ございません。緑川君は渋沢栄一という人物はご存じですよね」

もちろん、七郎は知っている。ついこの前まで自分の側近であった人物である。パリ万博の視察に随行させたのも七郎自身であった。

「はい。知っています。昨年放映されたテレビドラマで大型時代劇の主人公でしたから。

今度新しい一万円札に肖像が印刷される人ですよね」

「その通りです。その渋沢栄一氏は九十五歳まで生き、昭和六年に他界しております。現在の当主は渋沢雅英様で渋沢栄一氏の曾孫でおられます。本来ですと雅英様ご自身が来校すべきところなのですが、九十歳を超えるご高齢であるため、私が代理で参った次第でございます」

七郎が予想した通り、渋沢栄一の関係者であった。しかし、そんな有名になってしまった渋沢の関係者が、自分のような平凡な高校生に一体何の用であろうかと思った。

そこで今度は七郎の方から質問してみた。

「そんな立派な方が、自分のような高校生に何かご用でしょうか」

「はい。今から今日私がここへ来た用件を申し上げます。実は、渋沢栄一氏が亡くなる少し前に、ごく身近な者達に対してだけ、奇妙な遺言を残したのでございます。その遺言の内容なのですが、『今から約九十年後に令和という時代が来る。令和四年の十月になったら、福島県の会津若松工業高校という学校に緑川七郎という学生がいるから、その学生に必ずこれを渡すように』というものなのです。この遺言が渋沢家の子々孫々に伝達されて九十年が経過致しました。そして、渋沢家の金庫の奥に長年保管されていたものを、本日ここにお持ちした次第でございます」

そう言って鈴木弁護士は、大きな包みを七郎に手渡したのである。七郎はそれを受け取った。中身は何か全く見当が付かないが、それほど重い包みではない。まさか渋沢がパリのお土産を渡すために買ってきた物とも思えない。第一、渋沢自身が、主君である徳川慶喜が、本当は令和時代の高校生だということを知っているはずがない。それならば、渋沢はどのようにして七郎の存在を知ったのであろうか。疑問点は後を絶たない。

鈴木弁護士は言葉を続けた。

「私自身、実は今日、半信半疑でここへ来たのです。でも緑川七郎君という高校生が実在していたということを確認でき、安心いたしました。これでご当主の雅英様も肩の荷が降りたことと思います。つきましては、ここに受取証がございます。お手数でもここにサインをお願いします」

七郎は渡された受取証にサインをした。久しぶりに書く自分の本名である。

「それでは、私はこれで失礼いたします。最後に雅英様からの伝言でございます。『遺言の意味は全く分かりませんが、何か深い事情が隠されているように感じております。協力できることがあれば何時でもお力になりますので遠慮なくご連絡ください。』とのことです。以上でございます」
鈴木弁護士は、それだけ言い渋沢家の連絡先のメモを渡すと部屋から出て行った。

七郎は、何が入っているのか分からないが、とにかく包みの中を開いてみることにした。渋沢が死んで九十年以上経過している。物によっては中身が腐っているかもしれないし、壊れているかもしれない。期待と不安を胸に抑えて包みを開いてみた。

中に入っていた品を見て、七郎は仰天した。そこから出てきた物は、つい数時間前の大阪城内の広間において、肌身離さず持っていた七郎の黒いリュックである。渋沢が死んで九十年が経過した。だが、これを大阪城に置いてきたのは慶応四年であるから正確には百五十三年が経過していることになる。余程大切に保管されていたのであろうか、合成樹脂でできたリュックはそれほど劣化してはいない。さらに七郎は中を確認した。持って行った筆記用具、電卓、レポート用紙、完成した実習報告書、学生証、教科書『新日本史』『図説日本史資料』、全てが忘れてきた時のままの状態である。レポートの文字が薄くなっていただけで、驚いたことに電卓のソーラーバッテリーが起動し、計算することができた。そして実習報告書の表紙に記載された提出締切日は明日であった。

しかし、七郎が置き忘れてきたものではない品が一つだけ入っていた。それは一通の分厚い封書である。あて名は緑川七郎君とある。封書の裏には差出人の氏名が書かれてあった。その名は原市之進。市之進の手紙がここにあるということは、市之進の依頼で渋沢が保管していたということになるだろう。市之進がその後どうなったのかは全く分からないし、歴史上の資料も存在しない。なぜなら歴史上の市之進は、攘夷から開国へ変身した裏切り者とされ、刺客に襲われて惨殺されているのである。それを七郎が史実を変えて助けてしまったのだ。七郎は、恐る恐る封書を開封した。

「緑川七郎君

七郎君がこの手紙を読んでいるということは令和という時代に帰ったものと考えてよろしいでしょうか。私、原市之進でございます。

何をどこから申し上げたらよいのか分かりません。大坂城において厠へ立たれた殿、すなわち七郎君が階段の下へ転落する大きな物音を聞きました。私と会津の容保公が急いで階下へ向かいましたが、その姿は何処にも見当たりません。城内に居た誰もが目にしていないのが不思議で仕様がありませんでした。

七郎君が忘れていったこの黒い鞄、いつも肌身離さず手元に置くこの中身を勝手に開けさせてもらいました。中にあった『学生証』を見て七郎君がどこの誰なのかということを知ることができました。それは、大阪城内で私と松平容保殿に最後に話したことを裏付けるものでした。一橋邸で木から落ちて頭を打った日を境にして、一橋慶喜と緑川七郎が入れ替わった、そんなところでしょうか。

なお、本物の一橋慶喜ですが、やはり井伊直弼の策略に嵌り殺されておりました。桜田門外の変で死亡した彦根藩士の一人が、周囲にそっと漏らしていたようでございます。ただし慶喜様の遺体はどこに葬ったのかまでは誰も知りません。

七郎君が帰った後、問題はこれからどうしたら良いかということでした。徳川に始末をつけなければなりません。私と松平容保、定敬、老中の板倉らは、直ちに船で江戸へ戻りました。

そこで私たちは一計を案じました。原市之進は刺客に襲われて死んだことにし、私が徳川慶喜になり前将軍を演じることにいたしました。妻子に会えないことだけが残念でしたが、こればかりはどう仕様もありません。顔を頭巾で隠し、天然痘に罹ったと偽ったところ、感染を恐れて誰も近づこうとしないので、うまく周囲を騙すことができました。そして江戸で、勝海舟に全て話し、その後の交渉を全て勝に一任いたしました。後は教科書に書いてある通りに歴史は進行したはずです。お分かりいただけましたでしょうか。

私は水戸での謹慎を経て、その後は静岡で余生を送っておりました。旧幕臣の何者が訪ねてきても、政府に妙な誤解を与えたくないという口実を使い、誰にも一切合わずに引き取ってもらいました。ですが、本当のところは慶喜公の顔を知る者に、自分の顔を見せるわけにはいかなかっただけの話です。

唯一、一度だけ会ったのが、このリュックを託した渋沢栄一です。渋沢が朝敵となった徳川慶喜の名誉回復のため、伝記の編纂に必死だったのはご存じでしょうか。その渋沢と私の二人で、リュックの中に入っていた学生証から七郎君の居場所を確認し、実習報告書の提出締切日から、渡せる日を推定してみました。この日、七郎君の手元にリュックとこの手紙が無事渡るかどうかは賭けでした。この手紙を読んでいるということは、賭けが当たったという事でしょう。残念ながら、それを確認することは私にも渋沢にも到底、不可能です。どうか、渋沢の子孫が無事、これを七郎君に手渡すことを祈っております。

ですが、私の明治以降の生活は、公爵となった徳川家達からの経済的援助で実に優雅でのんびりしたものでした。鷹狩に釣り、囲碁や将棋、能や謡曲、自転車の乗り方まで覚えました。新門辰五郎さんが私の護衛を兼ねて側に居り、よく話し相手をしてくれました。ですが明治七年に体を壊して江戸へ帰り、間もなく亡くなったと聞きました。

実は私、静岡に住んでいた際は妾を二人も抱え、十男、十一女を儲けました。美香子様は、その子たちを全てご自分の実子として育ててくれたのでございます。美香子様は私の本当の妻ではありませんので、私は手も触れておりません。美香子様もそれを望みませんでした。それどころか、美香子様は毎日部屋にとじこもり、何かに打ち込んでおられたのでございます。一度お尋ねしたところ、七郎君に教わった石鹸づくりだそうでございます。何でも水酸化ナトリウムという薬が製造できずに悩んでおられました。最後は東京の帝国大学の研究室にまで押しかけて、その薬を分けて貰ってきたそうです。その時の東大総長、山川健次郎博士は元会津藩士です。美香子様が徳川家に縁ある者と知ると援助を惜しまなかったと聞いております。

これも後で聞いた話なのですが、美香子様が東京に赴いた際、洋小物問屋である長瀬商店という店に立ち寄ったそうです。そこの商品の棚に石鹸が置いてあるのを見て、店主の富郎さんとおっしゃる方と石鹸の話で盛り上がったそうでございます。そして美香子様はその方に七郎様から教わった石鹸の作り方を伝授したそうでございます。長瀬商店はその後、日本一高品質の石鹸を作る店として成長し『花王石鹸』という名前で工場直営の石鹸を販売しております。

美香子様は明治三十年に亡くなりました。最期は病気療養のため東京の病院に入院しておりました。病名は乳癌です。

明治三十年に、私も東京へ移住いたしました。この年齢になると顔が老い、昔の面影は無くなったため、誰に会っても問題はなくなりました。明治三十一年には、それまで遠慮し続けてきた明治天皇からの拝謁を受諾いたしました。私にとっては初めての対面でしたが、陛下は大政奉還以来、三十年ぶりだと申されました。

以前、七郎君が私と渋沢、それに平岡円四郎殿に言った言葉、日本の国というのは『ものづくり』の国だということ、その意味がよく分かりましたよ。明治に入り日本は技術立国として発展し続けています。七郎君の『新日本史』という本で今後の日本の発展を知りました。日本人がこれほど凄いとは夢にも思いませんでした。幕府が三百年も鎖国などという馬鹿な政策などを取らなければ、もっと早く成長したのではないでしょうか。

ですが、これからの日本は世界を相手に喧嘩をしまくることも知りました。八月十五日が終戦記念日とありました。勝った日が記念日なのはわかりますが、何故負けた日が記念日なのか、私には最初合点が行きませんでしたよ。しかし、その後の日本の復活から、敗戦が日本人を目覚めさせたということを知り納得できました。同じように七郎君の会津も、戊辰の敗戦の苦渋をきっかけにして復活しましたよね。先の山川健二郎氏もそうですが、その兄である元会津藩家老、山川大蔵様は陸軍少将として日清、日露戦争では大活躍をされました。また最近では野口英世という細菌学者が、外国で素晴らしい発見をされたとのこと、連日の新聞を賑わせております。

ところで、会津が負けた日のことなのですが、私、会津藩降参の知らせを静岡で受けました。その日は十一月六日という連絡を受けました。ところがこの頃、政府はそれまでの太陰暦を、グレゴリオ暦または太陽暦という新暦に改めたのでございます。それが中々徹底されず、しばらくの間は新暦と旧暦が混同されて使われておりました。実際に薩摩などは十年近く旧暦のままでおりましたから。それだけ世の中が乱れていたということでございます。鶴ヶ城落城が九月二十二日と記録されておりますが、これは旧暦の日付であり、会津戦争が終結したのは新暦の十一月六日のことです。特に大した問題ではありませんが、この日が会津にとっては終戦記念日ですので一応お知らせしておきます。

それからもう一つ。これも噂で聞いた話なのですが、政府は自軍の負け戦をひた隠しにしておりますが、戦の始めの方は会津にかなり苦しめられ大損害を被ったこういう話です。政府は会津の強さを十分味わったようでございます。

ところで、日本では技術者育成のため東京高等工業学校をはじめとして、全国に官立の工業学校が次々と設立されております。東北地方でも昨年、上杉氏の城下町に米沢高等工業学校が創立しました。全国から優秀な若者が集まり勉強に励んでいると聞いております。おそらく七郎君の学ぶ会津若松工業高校も頭のいい生徒さんが学ぶ学校なのでございましょう。

どうか七郎君、そこで一生懸命勉学に取り組み、令和の世の中でも是非将軍におなりください。日本の国の頂点に立って、二度と戦などしない日本を作ってください。もう私の寿命はそこまで来ています。七郎君のこれからの活躍を見ることができないのは残念ですが、いつまでも応援しております。

身体に気を付けて元気でお過ごしください。

大正元年十月　　　原市之進」

手紙はそこで終わっていた。徳川慶喜が他界するのは大正二年の十一月のである。したがって、この手紙は市之進が亡くなる一年前に書かれたものであった。読み終えて、七郎の目からは涙が零れ落ちた。これで全てが繋がったのである。七郎が戻ってきてしまった後の始末は、全て市之進がうまくやってくれていた。歴史は教科書の記載通りに動いている。唯一の違いは、会津が降伏するまで一ケ月半、長くなったということくらいだ。それも、旧暦と新暦の運用の差で相殺されてしまっている。憶測だが、会津は母成峠や小田山で、政府軍が勝利を得るのを一ケ月半、遅らせる奮闘を見せたに違いない。ところが日本の軍隊には、味方の損害を隠す傾向がある。第二次世界大戦の時もそうであった。真珠湾攻撃のような大勝利については大々的に発表したが、ミッドウェイ海戦やマリアナ沖海戦のような惨敗については士気が下がることを恐れて隠蔽工作をし、さらには出鱈目な戦果を報道する。これが日本の軍隊のやり方である。七郎としては、会津の強さを政府に見せつけることができたのならそれで良かった。政府にも先見の目に長けている人物はいるはずだ。そのような人物であるならば、これからの日本に必要とする人材が会津に存在したことを見出したであろう。そして、有意な人材は間違っても切り捨てはしない。七郎はその点に期待した。

七郎は、明治以後の美香子の生活まで知ることができた。美香子には何もしてやることができず、心から悔やんでいたのであるが、石鹸づくりにそこまで没頭してしまうとは驚きである。

欧州から帰国した渋沢栄一は、明治政府に招かれた。そして、大蔵省の一員として新しい国づくりに深く関わった。明治六年に大蔵省を辞し、その後の渋沢は一民間経済人として活動を始める。そのスタートは「第一国立銀行」の総頭取である。渋沢は第一国立銀行を拠点に、株式会社組織による企業の創設に力を入れ、生涯に約五百社以上の企業の設立や経営、六百以上の教育機関、公共事業の支援に関わったらしい。

これは七郎の憶測であるが、渋沢は七郎が置いてきた日本史の教科書から先を読んで活動したに違いない。日本の産業の発展は、その後、思わぬ副産物を生み出すことになる。それが公害であり環境汚染等である。渋沢が携わった事業の分野を見ると、金融、教育、観光、医療、福祉など多岐に渡るが、後の公害問題に直結する石油化学産業に関する企業の設立はほとんど行っていない。
また、巨万の富を得た渋沢家であるが、渋沢財閥というものは何故か存在しない。財産を一族に分与し企業や銀行の株の保有率も数パーセントである。そのため第二次世界大戦後のＧＨＱによる財閥解体のリストから渋沢家は削除された。渋沢は教科書の記載から予め財閥解体のことを知り、子孫のために自分の死後の対策を取っていたのではないだろうか。七郎のこの憶測が当たっていれば、実に巧妙で渋沢らしいやり方である。

七郎がこちらへ戻ってしまったため、市之進が徳川慶喜を演じた。市之進にも妻子がいたはずである。市之進は、自分が刺客に殺されたことにして、家族とは一切の縁を切ったのであろう。もし市之進が徳川慶喜を演じなかったとするならば、世の中はどう変わったのであろうか。政府は徳川に対して、いかなる処分を下したのであろうか。全く想像することができなかった。そう考えると、市之進が果たした役割は偉大である。家族を捨て、顔を隠し、さらには周囲との接触を断つ人生に身を投じた。自分の生活を犠牲にしてまで徳川の最期を飾ってくれたのである。本当なら七郎がやらなければならないことを、全て市之進が代わってくれたと言っても過言ではない。そう思うと、七郎の目からはさらに涙が流れ落ちた。

緑川七郎という高校生が幕末へタイムスリップしたところで、歴史は何も変わっていないことがはっきりした。つまりは七郎が百五十年前の日本に遺したものは何もないいということである。それが現実であるならば、七郎としては少し不満である。本当にそうなのだろうか。そうであるならば、将軍後見職や禁裏御守総督、ましてや征夷大将軍などという役職は全て拒否し、毎日昼寝でもしていれば良かったのである。ただ、周囲がそれをさせなかった。将軍という地位は受諾するしかないということが運命でもあった。政策に関しては、全て市之進がこなしてくれた。それ以外は、ほとんど成り行きに任せていたというのが事実である。

ところで、七郎の幕末の行動は本当に何の意味も持たなかったのであろうか。そこで、七郎は逆の方向から見てみることにした。すなわち、もし七郎がタイムスリップをしなかったとすれば、歴史はどう変わったであろう。思い当たることを列挙してみた。

まず、桜田門外の変の少し前に、一橋慶喜が井伊直弼の陰謀により殺された。そこへ慶喜に顔が酷似した七郎がタイムスリップしたのである。もしもあの日、一橋邸の塀の外で脳震盪をおこして倒れていた七郎がいなければ、十五代将軍は誰が就いたのであろうか。松平春嶽に疱瘡の痕を見せなければ、天然痘の撲滅はいつになったであろう。新選組に枡屋喜右衛門の正体を知らせなければ池田屋事件は起きたであろうか。それ以外にも、考えられることはまだまだある。

何といっても最大の偉業は大政奉還である。七郎は一八六七年に将軍慶喜が政権を朝廷に返上することを知っていた。それ故、史実通りに大政を奉還しただけの話である。だが、これは日本史上における最大の変革である。それまで七百年近く続いてきた武家政権が終わりを告げたのである。それを一人の人間が判断し実行した。もし七郎がタイムスリップせず他の何者かが十五代将軍に就いた場合、その人物はこれだけの重大な判断を下すことができたのであろうか。どう考えても不可能である。

この時、七郎は全てを悟った。七郎のとった行動の一つ一つが、教科書に書かれた史実通りに歴史を進めたのだ。七郎の行動と存在そのものが、歴史が変わることを抑制し、史実通りに修正されているのである。すなわち、七郎が幕末へタイムスリップしたため歴史は変わらなかったのだ。そう考えると全ての辻褄が合う。

いろいろな要因が錯綜して、七郎自身も何が何だか分からなくなってしまった。七郎は、無事現代へ戻って来ることができたのであるから、これ以上はどうでもいいと考えるようになっていた。

そこへ、授業を終えた原先生が入室してきた。

「お客さん、帰られたようだね。七郎も、もう帰っていいぞ、疲れたろう」

「はい。そうします」

七郎はリュックを手に取り椅子から立ち上がった。応接室を出て、原先生とともに昇降口方向へ歩いていた。そして、原先生が七郎に話しかけた

「今日のお客さん、渋沢家の関係者だろう。先生も名刺をもらった」

「はい、そうです。渋沢栄一の曾孫が当主を務める財団の顧問弁護士だそうですよ」

「そうか。渋沢栄一という人物は、明治以降は実業家として大成功した男だが、幕末は徳川慶喜の家臣だった人物だ。実は、今まで話さなかったが先生の先祖も水戸出身で徳川慶喜の家臣だった」

「え、そうなのですか？」

「水戸で藩校弘道館の訓導を勤めていたのだが、一橋慶喜に呼び寄せられたらしい。始めは筋金入りの攘夷派だったようなのだが慶喜の影響で開国派に転じ、それが攘夷派の恨みを買ってしまい、刺客の手により惨殺されたそうだ。七郎なら名前を聞いたことがあるだろう。原市之進という」

その一言で、七郎はハンマーで後頭部を強打されたようなショックを受けた。その場に立ち尽くした。それどころか立っていることもできない。

七郎は廊下に膝をつき下を向いた。そして、七郎の目からは大粒の涙が止め処なく流れ落ちた。こんな偶然があるのであろうか。俺のために散々尽くし、さらには自分の生活を犠牲にしてまで徳川の最期を演じてくれたあの市之進。その子孫が原先生であったとは、何という運命の悪戯であろう。そのショックで七郎は立ち上がることができない。市之進は死んでいない。生きていた。刺客の手からは俺が守った、そう原先生に教えてやりたかった。だが、そんなことを話せる訳がない。今の自分にどうすることもできない無念さが、さらに七郎の悲しさと悔しさを更に煽り立てていた。

同じ“原”という姓であるのに今まで全く気にもしていなかった。言われてみれば風貌もどことなく似ている。九月二十二日を会津の終戦記念日と銘打つあたりは遺伝子の悪戯であろうか。

原先生は座り込んだ七郎の肩に手を回し、言葉を掛けた。

「何か深い事情がありそうだな。先生でよければ何時でも力になる。遠慮なく相談に来い。今日は早く家に帰った方がいい」

十七　エピローグ

徳川慶喜の墓地は東京都台東区の谷中霊園内の寛永寺墓地にある。ＪＲ山手線の日暮里駅から徒歩で五分程度の距離である。墓石は金属の柵に囲まれ一般人は近づけない。しかし、墓石と墓石の前にある碑は柵の外側から見ることができる。墓石は二つ、一方の墓石の下には慶喜の妻である美香子が眠っており、その隣が慶喜の墓石である。渋沢栄一が望んだのかどうかは不明だが、渋沢の墓も同じ谷中霊園内にある。

七郎がここを訪れたのは、現代に戻ってから一週間後のことである。先日、鈴木弁護士から渡されたメモを頼りに、渋沢家にお願いすれば柵の中に入り、もっと墓石に近づけたかもしれない。しかし、七郎は敢えてそれをしなかった。この位置で十分である。そこに眠っているのは徳川慶喜ではない。原市之進である。それを知っているのはこの世でただ一人、七郎だけである。市之進が死んだのは九十年前であるが、七郎が市之進に最後に会ったのは一週間前のことだ。七郎は市之進の顔を思い出しながら、墓石に向かって手を合わせた。

「市之進。世話になった。そして色々ありがとう。俺、市之進が言うように令和の時代の将軍様になれるかどうか分からないし、そんな自信もない。だけど精一杯努力して生きてみるよ。見ていてくれよな。本当にありがとう」

七郎は、そう呟いて霊園を後にした。

完

あとがき

会津若松市のシンボルでもある鶴ヶ城は、令和四年四月に大改修を終えリニューアルオープンした。しかし、日本に存在するほとんどの城郭がそうであるように、外見だけが城であり実際には鉄筋コンクリートで作られたビルディングである。したがって国宝姫路城や犬山城のように、内部まで当時の建築物に触れることはできない。だが、再オープンした鶴ヶ城内部では訪れた観光客を満足させるのに十分な施設が備えられている。大型スクリーンによる映像や音声により会津の風景や戊辰戦争の様子が紹介されており、そのデジタル技術の活用は改修前の城内部とは全く異なる様相を示していた。

戊辰戦争後の鶴ヶ城は、しばらくの間若松県の県庁として使用されている。しかし明治七年に政府から取り壊しの命令を受け石垣と堀を残すだけの廃城となった。そして昭和四十年に天守閣が復元され、その後令和の大改修工事を行い現在に至っている。現存する会津藩降伏当時の写真を見ると、敵の砲弾により壁は穴だらけであり、今にも崩れ落ちそうな悲惨な姿であった。それが現在のような美しい鶴ヶ城として再現されるのであるから現代の技術の素晴らしさを感じる次第である。この城に立て籠もった会津藩士たちは、かつて京都の治安を護るべく徳川幕府の尖兵となって活躍し、最後は東北の一小藩であるにもかかわらず全国を敵に回して戦ったのであった。

この町で生まれ育った本作の主人公、緑川七郎は激動へタイムスリップしてしまった。主人公がタイムスリップする映画やテレビドラマは数多くある。しかし、そのほとんどがアメリカ映画の「バックトゥザヒューチャー」や日本映画の「戦国自衛隊１５４９」のように、主人公が何らかの目的があって時間移動している。ところが緑川七郎の場合、本人が全く意図せずタイムスリップしている。ここにミステリアスを感じるよう、物語の始まりを設定してみた。

登場する人物のほとんどが歴史上に実在する人物であり、架空の人物は主人公を含めて僅かしか出てこない。そして、この実在する人物が後世に伝わる史実通りになるよう七郎が動くのである。例えば、越前藩主松平春嶽は、多くの人命を奪う天然痘に対し免疫療法をいち早く取り入れ、これにより藩内の死者は皆無であった。そのため、史実では稀代の名君と称えられている。このことに関しては吉村昭の著「雪の花」に詳しい。その当時、牛の体に巣くった病原体を人間の身体に植え付けるなど、誰が考えても受け入れられる術はなかった。それをやってのけたのが松平春嶽である。そして、それを春嶽に実行させたのが緑川七郎であるというように物語が展開する。もちろん筆者の創作に他ならない。ちなみに会津に工業高校は存在するが「会津若松工業高校」という名称の学校は存在しない。架空の学校である。

七郎が古高俊太郎の存在と京都に屯する過激浪士達の企てを新撰組に密告しなければどうなっていたであろうか。もしかすると京の都は灰になっていたかもしれない。七郎がそれを防いだというより、七郎が史実通りに修正したと言った方が正確であろう。

このように、七郎の行動が現代の我々が知る歴史を作っているのであり、逆に言えば七郎がタイムスリップしていなければ歴史は全く異なるものになっていたということである。七郎が史実と変えてしまった唯一の行動は、本来殺されるはずの原市之進を助けてしまったことである。この点に関しては、七郎が現代に戻ったために徳川慶喜の存在が消えてしまうことを原市之進が穴埋めをすることで決着させた。

戊辰戦争では、会津は緒戦において官軍に対して連敗を重ね、何も良いことなく降伏に至るのである。だが、そう簡単に決着したのでは面白くない。七郎のアドバイスにより、母成峠や小田山の戦では会津藩を中心とした旧幕府軍が官軍に大打撃を与えるよう物語を展開した。もちろん、これも創作である。だが、そうなると鶴ヶ城開城は九月では早すぎる。もう少し戦が長引いたはずである。しかし、それでは史実が変わってしまう。そこで、明治初期は旧暦（太陰暦）から新暦（太陽暦）への変換の時期であり、暦の使い方が統一されていなかったことにして話を終わらせた。実際の新暦施行は明治五年であるから、ややタイムラグがあるように感じる。考えてみると無茶苦茶な論法ではあるが、実際に鹿児島では西南戦争が終了する明治十年まで旧暦を用いていたという事実があるので、この件はご容赦願いたい。

現代人である緑川七郎が幕末にタイムスリップし、日本の中心人物として躍動したにもかかわらず、日本の歴史は何も変わらなかった。全て歴史の教科書の記載通りである。七郎が歴史を完成させたというニュアンスを保ち、同時に明治維新は歴史書に書かれているほど簡単には終了しなかったということで、本書を完了したい。

七郎が無事、令和の時代に帰還し、また徳川慶喜、すなわち原市之進のその後の行動、大坂城に置き忘れてきたリュックを七郎に返すまでの経緯などを、七郎のその後にどう繋ぎ合わせるかを思案しながら、現在続編を終筆中である。

＜著者プロフィール＞

桐谷秀玲（きりたに　しゅうれい）
1959年福島県生れ
公立高校教員を退職後、文筆活動を始める
筑波大学大学院（修士）卒

令和からきたラスト将軍　徳川慶喜

2023年11月26日　初版第1刷発行

著　者　桐谷秀玲
発行所　ブイツーソリューション
〒466-0848 名古屋市昭和区長戸町4-40
電話 052-799-7391　Fax 052-799-7984
発売元　星雲社（共同出版社・流通責任出版社）
〒112-0005 東京都文京区水道1-3-30
電話 03-3868-3275　Fax 03-3868-6588
印刷所　藤原印刷
ISBN 978-4-434-33046-9